はじらひ
ブルーゲイル　原作
星野杏実　著
鋼丸R　原画
PARADIGM NOVELS 173

登場人物

倉石《くらいし》 牧人《まきと》

東京の大手広告代理店に勤めている。少々オーバーワーク気味。大きな仕事に失敗したのをきっかけに、長期休暇をとる。

天衣《たかえ》 穂乃香《ほのか》　長女。神社を切り盛りしている。恋愛に積極的ではないが、あこがれはある。

天衣《たかえ》 琴里《ことり》　勉強は得意、運動は苦手な三女。無邪気で好奇心が旺盛。異性の身体に興味津々。

天衣《たかえ》 逸美《いつみ》　快活で運動神経抜群な三姉妹の次女。過去の失恋により、男性不信になっている。

美和《みわ》 泰子《やすこ》　どこかクールな雰囲気の女教師。田舎暮らしにあこがれて、都会からやってきた。

中野《なかの》 瑞恵《みずえ》　逸美の同級生。親は雑貨屋を営んでいる。耳年増で、恋愛やエッチの知識が豊富。

第一章　泰子

第二章　琴里

目次

プロローグ　帰りたい場所

革張りのソファは、あまり座りなれないせいか落ち着かなかった。

僕は、ところどころ汗で銀色に潮の噴いたスーツで、そのソファにぎこちなく包まれ、順番を待った。

下着に近い格好の店の女の子に合わせてか、こんなに暑い日でも、エアコンの設定温度はそんなに低くしていないようだった。

ジャケットを脱ぐと、ワイシャツが汗でぴったりとまとわりついて気持ちが悪かった。ただでさえ細身の僕の身体《からだ》が、余計に細く貧弱に見えているに違いない。

僕は、ネクタイを緩《ゆる》め、出されたウーロン茶を一口喉《のど》に流しこんだ。ようやく、ほんの少しだけ息苦しくなくなったような気がした。


「お待たせいたしました。倉石様《くらいし》」

白のワイシャツに黒のベスト、蝶《ちょう》ネクタイの男が、僕の目の前に跪《ひざまず》いた。

「はぁ」

僕は、どう応《こた》えたらいいのか分からず、「こちらです」と導かれるまま、立ち上がり、男の後について絨毯《じゅうたん》敷きの廊下《ろうか》を奥へと入っていった。

「ピーチでございます」

蝶ネクタイの男は、ネグリジェ姿の女の子を促して言った。

背は決して高くなく、ややふっくらだが、童顔でかわいげのある顔立ちの女の子が、僕の前に三つ指をついて言う。

「ピーチです。私《わたし》でいいですか？」

「えっ、ええ。も、もちろん」

「では、よろしくお願いします」

ピーチという娘はそう言って深々と頭を下げた。

僕は、日常で目にすることのない光景にどぎまぎしながら、ピーチの次の行動を待った。

「トイレの方は大丈夫ですか」

ピーチがそう言うので、「ええ」と頷《うなず》くと、「お部屋はお二階の方になります」と言って、当たり前のように僕の手をとって、階段を上ってゆく。

僕もそれに従ってついていった。


部屋は、タイル貼《ば》りの六畳ほどの空間に、手前にベッド、その奥に一畳程度の浴槽《よくそう》と三畳程度の洗い場があった。

ピーチは、僕のジャケットをハンガーにかけると、自分からネグリジェを脱ぎ、後ろ手にブラジャーのホックに手をかけた。

両肩を寄せて、ブラジャーを抜き取るように前に落とす。

すると、少し垂《た》れた、掌《てのひら》に収まる程度の大きさの乳房がポロンと現れた。

次いで、下腹部を締めつけるように纏《まと》っている、ブラジャーと同じアイボリーのＴバックのパンティを、くるくる巻き取るように脱いでいくと、茶色に染めた髪とは違う黒々とした茂みがのぞいた。

生まれたままの姿になると、僕の横に座り、ワイシャツのボタンへと手をかける。

「あ、いいです。自分で脱ぎますから」

僕は、ピーチから少し離れて、自分で服を脱ぎ始めた。

汗臭《あせくさ》い身体の匂《にお》いが気になったせいもあったが、見知らぬ女の子に服を脱がしてもらう行為に躊躇《ちゅうちょ》したという方が大きかった。

「お客さん、こういうところは初めてですか」

ピーチは、ひとり洗い場に向かい、浴槽にお湯を張りながら訊《き》いてくる。

「緊張しなくてもいいですからね」

そう言って微笑《ほほえ》む。

「すみません。慣れてないもので、どうしたらいいか分からなくて」

僕は、まるで銭湯《せんとう》にでも入るときのように、股間《こかん》を隠して洗い場の方へと向かった。

ピーチは、僕をイスへと導き、ボディソープをスポンジで泡立《あわだ》て、肩から胸、腹と順に洗っていった。

「そんなに硬くならなくても大丈夫ですよ。リラックスしてくださいね」

ピーチは慣れた手つきで手を動かす。

「もちろん。むしろ硬くなっているのはこっちの方ですよ」などと冗談の一つでも言って、膨張したペニスを差し出せればもう少し楽になるのだろうが、妙な緊張感がいつまでも取れない。

ペニスは膨張どころか小さく縮こまっている。

ピーチの手は、いつ下腹部に下りてくるのだろうか……。

それまでに萎《しぼ》んだペニスをどうにか膨張させたい気持ちだった。

しかし、上半身を洗い終わり、いよいよかと思うと、ピーチは背中へと回ってゴシゴシと擦《こす》り始める。

「ほっそぉい！　痩《や》せてるんですね。なんか、アタシ、太ってて恥ずかしい」

「そ、そんなことないですよ」

僕は、前へと再び回ってきたピーチの裸を直視した。

くっきりと浮き出た鎖骨《さこつ》、少し垂れたバストの先にある褐色《かっしょく》の乳首、ほんの少しプクリと突き出した下腹部の奥にのぞく黒々とした茂み……。

僕がそんな風に見ていると、いよいよピーチの手が下腹部へと伸びてきた。

「失礼しまぁす」

ピーチは、ペニスを泡のついた掌で包むように握ると、全体に泡をなじませて、ゆっくりと上下にシゴいてゆく。

充分に興奮する行為なのに、僕のペニスは、どういうわけかダランと萎んだままなんの反応も示さない。

「今日はお一人でいらしたんですか？」

ピーチは、亀頭《きとう》に泡をいっぱいつけて、先端を刺激するようにして愛撫《あいぶ》してくる。

「ええ、まぁ……」

確かに緊張しているせいもある。

しかし、それだけではない。

妙にビジネスライクな感じというか、恋人だったらこんなことないだろうという言動を感じて、身体が反応しなくなってしまっているようだった。

「ウチのお店は、マットがないんですよ。身体を流し終わったら、湯船に浸《つ》かってもらって、その後、ベッドに行きますね」

ピーチは、僕に気を遣《つか》っているのか、萎《な》えたままのペニスのことは一言も口にせずに、まんべんなく身体を洗うと、シャワーをかけて身体についた泡を流してゆく。

流し終わると、シャワーの先を掴《つか》んだまま、なにやら液体を口に含み、ペニスをそのままズッポリと咥《くわ》えた。

液体をペニス全体に擦りつけるように、舌を使ってペニスを刺激しながら、ジュポジュポと出し入れしてゆく。

「うっ！」

僕は、一瞬不思議な冷たさを感じた。

痛くはない。

しかし、刺すようなひんやりとした感覚がペニスから身体の奥にまで沁《し》み渡ってゆく。

「なにをしたんですか？」

「あ、痛くなかったですか？」

ペニスから口を離したピーチが言う。

「ええ、冷たい感じはしましたけど」

ペニスはその不思議な冷たさで、フェラチオの感触に酔うこともできなかった。

「なら、大丈夫。これはイソジンなの。これをやって痛い人だと病気を持ってたりするんですって」

そう言いながら、ピーチはペニスにシャワーのお湯をかけてイソジンを落とし、そのシャワーの先を自分の口へと持っていき、すすいで吐き出した。

「じゃあ、改めて。失礼しまぁす」

僕の前に跪いて、唇をひと舐《な》めすると、萎えたペニスを持ち上げて、口に咥えた。

「うわっ……」

ペニスの根元を右手でシゴきながら、口の中では唾液《だえき》をたっぷりと出して、先端に舌先をニュルニュルと巻きつけて、刺激してくる。

緊張はどこかに吹き飛び、物理的な刺激の中で、僕のペニスはしだいに膨張してゆく。

「よし、大きくなったじゃない。じゃあ、ベッドに行きましょうか」

ピーチは、ペニスから唇を離して、僕をベッドの方へと促した。


僕は、バスタオルで身体を拭《ふ》き、そのまま下半身に巻いて、ベッドへと腰掛ける。

「そろそろ、しましょうか」

煌々《こうこう》と電気がついたままで、ピーチは僕を押し倒すようにして、仰向《あおむ》けに寝かせると、そのまま繋《つな》げようと責めてくる。

「あの、電気……」

「気になります?」

「ええ、まぁ」

するとピーチは、ベッドの上にあるダイヤルを回して、部屋を薄暗くなるよう調節する。

「これでいいですか?」

「あ、はい。すみません」

「じゃあ、元気のあるうちに、入れちゃいましょうね」

ピーチは、僕の上に跨《また》がり、掌で何度か上下させると、だんだんと勢いを失いつつあるペニスに、上体をストンと落としてゆく。

「ああン。いいぃ――」

騎乗位《きじょうい》で繋げると、ピョンピョンと跳ねるようにして、腰を上下させる。

僕は、なんだかだんだん冷静になってしまい、行為に溺《おぼ》れることはできなかった。

それでも、なんとかペニスを役に立つものにしようと、僕はピーチの腰を抱いて上半身を起こし、キスを求めて唇を重ねようとした。

すると、ピーチはなにも言わず、笑いながらイヤイヤをするように顔を背《そむ》ける。

「キスしたら、ダメですか？」

「ごめんなさい。私、キスＮＧなの。でも、その分、激しくサービスするからね」

そう言い終えるとピーチは、グイングインと腰を動かして、僕の刺激を煽《あお》るようにした。

「ああン。あン……」

僕は、だんだんその声の響きも不自然なものに感じてきた。

そして、その時初めて自分の勘違いに気づいた。

僕は彼女の客で、彼女はそれ故《ゆえ》に僕のペニスを受け入れることは拒否できない。彼女の気持ちも考えず、僕は行為を強制している。その上で、恋人のような振る舞いではないからと彼女に違和感を覚えたりしている。僕はあまりにも自分勝手でなにも分かってない……。


そんなことを考えていると、ペニスはいつのまにか完全に勢いを失っていた。

「あれ？　小さくなっちゃったよ」

ピーチは、萎んで膣《ちつ》からスルリと抜け落ちたペニスを握って、何度も激しく上下させた。

そのシゴきが激しさを増せば増すほど、ペニスは膨張を拒否するように萎えていった。

「すみません。もう、いいです」

「え？　いいの？　もう少し時間あるわよ」

「いいんですよ、もう。ごめんなさい。たぶん僕、今日はダメそうなんで……」

僕は、そう言って、ベッドの下から脱衣カゴを引き出し、トランクスを穿き始めた。


これがその日の夜の出来事だ。

確かに、この時感じた「精神的ななにか」が、休暇を取ろうかどうしようかと思っていた気持ちに追い討ちをかけたことは間違いない。

でも、直接の原因についても、やはり簡単に触れておかねばならないだろう。

プロローグ　帰りたい場所

僕、倉石牧人《まきと》は、四年前に東京の中堅私大の経済学部を、ごく平凡な成績で卒業……。既にバブルも崩壊して不況の中、親コネもないのに、まぐれで業界大手の広告代理店へと入社した。その会社の企画営業部というところに配属になり、以来仕事一筋で眠る間もなく忙しい毎日を送っている二十六歳だ。

仕事は、クライアントを回って、頭を下げて、案件を円滑に進めるようにすること。

つまり、デスクワークだけでなく、外回りも重要な仕事。

……外回りで困るのは、この夏の暑さだ。

いくら暑くても上半身Tシャツ一枚になるなんてわけにはいかない。

直射日光を小一時間も浴びれば、グレーのスーツは、背中の辺りからたちまち黒に近いダークグレーに染まってゆく。

それでも嫌だなんて言っていられない。

こんなはずじゃなかったと思うことだってある。

今のこんな仕事は、こんな日常は、あの頃《ころ》の未来じゃない、と。

しかし、じゃあ、あの平穏な大学時代に描いていた未来はなんなんだ、と問われると漠然としてしまい、即答できる自信がない。

僕はなにをやっているのだろうかと、考えることも一度や二度じゃなかった。

超過密スケジュールの中で、極稀《まれ》にぽっかりと空《あ》きの時間ができると、そんなところに思いが行ってしまう。

だから、僕のような人間は、常に忙しくしていた方が幸せなのかもしれないと、この四年間はずっとそう思ってやってきた。


そして、その日は、クライアントへの大事なプレゼンテーションの日だった。

入社四年目にして初めてリーダーを任された、ある大きなプロジェクトのプレゼンでポカをやって、クライアントから夕方、正式に契約を白紙に戻してもらいたいと断りの電話が入ったのだった。

このために三ヶ月も前から準備してきたのだった。

しかし、日中いっぱい得意先回りの営業、会社に帰ってきてから深夜までの会議という連日の過密スケジュールで、精神的、体力的に限界がきていたのも事実だった。

クライアントに向けて提出しなければならないレポートは、誤字だらけのうえに、予算の額も間違っているというありさまで、その部分を突かれた質問にも、慌ててしまい曖昧《あいまい》な回答しか提示できなかった。

実は、昨夜、二十八時にプレゼンに向けての最終会議が終わった後、修正しないままデスクで眠りこんでしまったのだった。

二十八時とは、午前四時のことだ。二十四時を過ぎても、眠らなければ時間は際限なく加算されていくなんて、この仕事に就《つ》いて初めて知った。

連日の睡眠不足と過労のせいだったが、最後の詰めの段階で眠ってしまったのは命とりだった。

「君だけの責任じゃないさ。私をはじめこの部全員の、いやこの会社全体の責任なんだ」

大学の同じ学部の三年先輩にあたる上司は、労《いた》わるようにそう言ってくれた。

「君の働きぶりは、上司としてもよく分かっているつもりだ。私も君に頼りすぎていたところもあると少し反省しているよ。働きすぎだよ。疲れているのかもしれない。少し休みでも取って、どこかでのんびりしてきたらどうだ？」

しかし、その時の僕にはその言葉は響かなかった。

明らかに自分自身が悪いのだ。

資料不充分、注意力不足、プレッシャーに対する精神力の弱さ……。

更にいうと、その上司の言葉をどこまでうのみにしていいか分からず、怖《こわ》かった。

四年前にこのレールに乗ってから、僕は何度も目にしてきた。

この世界は、ちょっと油断するとすぐ追い抜かれる。

甘い言葉に安心しようものなら、たちまち罠《わな》にハマって堕《お》ちてゆく。

上司は僕に休暇を取らせて、一線から外すつもりということも充分に考えられる。

僕は、普段から部下思いで、私生活でも大学の先輩として面倒をみてくれている上司の言葉も、信用できなくなっていた。

どうしたらいいのか分からぬまま、いつもより早めに退社すると、地下鉄のホームでふと放心状態になった。

自分が堪《たま》らなく嫌だった。

どうにかしたかった。

でも、どうにもならなかった。

だから、今まで行ったこともなかった風俗店にも足を向けてみたのだった。

なにかが変わるかもしれないと思った。

でも、なにも変わらなかった。

むしろ、自分のダメさを再認識させられただけだった。

恋人でもいたら、もっと心が休まるのかもしれないと思ってもみたが、この仕事の忙しさの中では、異性と知り合うきっかけなど皆無に等しかった。

なんて最悪な一日だったんだろう。

僕は一人のアパートの部屋に戻って、今日一日のことをしばらく反芻《はんすう》してみた。

寝不足のはずだが、困惑の一日を振り返ったせいで、妙に頭が冴《さ》えていた。

机《つくえ》の隅《すみ》に、埃《ほこり》を被った雑記ノートが立ててあるのが目に留《と》まる。

学生時代、貧乏旅行をしていた時に、思いのままを書き綴《つづ》ったノートだった。

なんとなくページを捲《めく》ってみた。

その中には、自他共に認める自由人だった当時の僕の青臭い言葉が、旅の感想と一緒に書き連ねてあった。

あの頃は、明日のことや将来のことなんて考えてなかった。

暇さえあれば、ぷらっと行くあてもない気ままな一人旅を続けていた。

そんなことがいつまでも続くと思っていた。

でも、現実はそうじゃなかった。

自分が環境に甘えていただけだったのかもしれない。

社会に出て、待っていたのは不自由と無自覚と服従だった。

僕はいつから「特別」じゃなくなったのだろう……。

考えても始まらないことを考えてみる。

いつから「金」や「保証」の他《ほか》に、なににもまして優先するものがなくなったのだろう。

……忘れてしまった。

「想《おも》い出」というものが、常に過剰に美化されて心に留《とど》まるように、人は都合の悪いことには目を背け、いつのまにか忘れてゆく。

なにが正解かは分からない。

導かれる選択肢《せんたくし》に、ただ身を任せてきた自分が、決断力に著しく欠けてきたことも自覚している。

でも、今回の仕事の失敗のおかげて、変わらなくてはいけない自分に気づいたことは逆によかったのかもしれない。

……いや、そうだと思いたい。


ふと、帰り際に上司の言った一言が、頭をかすめた。

「心配するな。『ひとりはみんなのために、みんなはひとりのために』だよ」

ロシアの古いサイレント映画の中で、繰り返し字幕に現れた言葉だった。

僕が大学一年の時、四年生だった上司が部長だった映画サークルで、学園祭の折に上映したのを、偶然観《み》たのだった。

「……主義がどうたらと、難しいことを言っても始まらない。ただ私は常にそう思っていたいだけだ」

上司は、そう言って沈んでいた僕を気遣ってくれた。

僕は、今になって、そんな上司の言葉が偽りでないと信じられるようになってきた。

……信じてみたかった。

そして、変わりたかった。

上司の言うとおり、有給がある限り、取れる限りの休暇を取ろう。

そして、旅にでも出て、「あの頃のなにか」が取り戻せるかどうか、自分を試してみよう。

そんな風に思えるようになってきた。


雑記ノートを閉じて元に戻そうとすると、その間から古ぼけた絵葉書が一枚落ちた。

どこか見覚えのある懐かしい田園風景が写っているその絵葉書は、学生時代に一人旅をしていた時に出会った老人が送ってくれたものだった。


当時、まだ貧乏学生だった僕は、九州を旅行中にその老人に出会った。

列車の中で向かいの席に座った、見るからに育ちのよさそうな老人は、僕のみすぼらしい格好が気になったようで、僕の方を優しい眼差《まなざ》しでしばらく見ていた。

そんな時に、僕のお腹《なか》がグーと音を立てた。老人は、ははは と笑った。

「あはは。貧乏旅行で弁当も買えないんです」

僕が冗談まじりにそう言うと、老人は手提げから大きな桃を三つ取り出して、

「よかったら、この桃を食わんかね」

そう言って、まるまると大きな桃を僕にゆずってくれた。

僕は、その日は朝からなにも食べてなかったから、ゴクリと喉を鳴らして受け取り、たちまち三つとも綺麗《きれい》に平らげてしまった。

「よかった、お前さんみたいな人に会えて……。本当にワシは幸せもんじゃ……」

老人は、僕の食べっぷりを幸せそうに見ていた後に、そんな風に言って笑った。

老人とは、その列車の中で、その一度だけ、つかの間話をしただけだった。

なにかあったら連絡したい、と言うので、僕は老人にアパートの連絡先を書いて渡した。

絵葉書は、その老人からだった。しかも、届いたのは、もう四年前だった。

『一度、わが家に遊びにいらしてください』

田園風景の中に建《た》つ老人の家を写した絵葉書には、そう一行だけしたためてあった。

翌日、一ヶ月のリフレッシュ休暇が受理された時、どうしてここに行ってみようと思ったのか、今はその動機を思い出せない。

だけど、その絵葉書の田園風景が、その時の僕にとって、きっと自分の故郷よりもずっと「帰りたい場所」だったに違いない――。

第一章　時代に取り残された村

重い瞼《まぶた》をゆっくりと開けると、目の前には三人の少女がいた。

「きゃははは っ。お兄ちゃん、目が覚めたかも」

おさげ髪に赤いリボンの少女が、よく通る高いトーンの声で初めにそう声をかけてきた。

大きな瞳《ひとみ》をキラキラと輝かせて、興味深そうに僕を見ている。

「琴里《ことり》、悪戯《いたずら》するなよ」

やや低音の声が、おさげ髪の少女を制するよう響く。

声の聞こえてきた方に目をやると、ショートカットでボーイッシュな感じの少女が、ちょっと距離を置いて、無愛想にチラチラと窺《うかが》うように僕を見ている。

「二人とも、お客さんの近くで大声出したら、御迷惑じゃないですか」

二人のお姉さんであろうその人は、僕の額に当てていた濡《ぬ》れタオルを新しいものに替えながら、母親のような落ち着いた物腰でそう言った。

ロングヘアで清楚《せいそ》な感じの女性だった。

……僕は、布団《ふとん》の中にいた。

ガーゼの肌触りが心地よかった。

でも、どうして自分がここにいるのかは理解できなかった。

「ここは……、僕は、どうして……」

「炎天下の道端で倒れてたんだ。たまたまあたしが通りかかって、倒れてる人がいたって言ったら、お姉ちゃん、大騒ぎしちゃってさ」

ボーイッシュな少女は、どこかクールな眼差《まなざ》しで僕を見ると、他人事のようにそう言った。

そうか……。

そこで、ようやく僕は、事のしだいを把握《はあく》した。

僕は、絵葉書の老人の家を捜して、この村に降り立ったのだった。

しかし、どこまで歩いても同じ風景ばかりで、いくら捜しても見つからなかった。

その上、もう九月下旬だというのに、夏の最中のような気温と射すような陽射《ひざ》しで、貧血を起こしたのか意識を失って道端に倒れてしまったのだ。

「お目覚めになりましたか」

僕が思いを巡らせていると、ロングヘアの女性が優しく気遣《きづか》うように声をかけてきた。

「ええ」

「申し遅れました。私《わたし》は天衣穂乃香《たかえほのか》といいます。この二

人は、私の妹なんです」

ロングヘアの落ち着いた物腰の女性は、改めてそう自己紹介した。

「三女の琴里ですぅ」

おさげ髪の少女は、めいっぱい顔を近づけて興味津々《きょうみしんしん》といった表情で元気にそう名乗る。

「……次女の逸美《いつみ》」

無愛想なボーイッシュは、僕と目線を合わさずにうつむきかげんに、ぼそっとそう呟《つぶや》く。

「あははは……。どうも。布団の中からの挨拶《あいさつ》でスミマセン……」

そう言いながら、テレ隠しに視線を外すと、ふっと、鼻先に古い木の、懐かしい匂《にお》いが漂ってくる。

天井には、年月を物語るシミがあり、部屋の奥に目をやると床の間がちゃんとあって、そこには掛け軸が掛かっている。

少し破れたところのある障子に、焼けて色褪《いろあ》せた畳……。

子供の頃《ころ》に戻ったような、どこか懐かしい風景が広がっている。

僕は記憶からすっかり抜け落ちていた感覚を取り戻したようで嬉《うれ》しかった。

「それにしても、お兄ちゃん、よく寝てたね」

琴里ちゃんのその声に我に返って、時計を見ると、もう六時を回っていた。

この村に着いたのは、昼前だったから、ずいぶん長い間、眠ってしまったようだ。

こんなところで時間を潰《つぶ》していたら、今日のうちに見つけられなくなってしまう。早くあの絵葉書の老人の家を捜さなくては。

僕は、布団から這《は》い出て、改めて穂乃香に挨拶する。

「見ず知らずの僕を助けてくださって、本当にありがとうございました。僕、これで帰りますから。では」

「もし、お急ぎでなかったら、お茶でも召《め》し上がっていかれたら、どうですか？」

「急ぎというわけでは全然ないんですが」

「じゃあ、お兄ちゃん、そこ座ってよ」

「お兄ちゃん？」

そういえば、琴里ちゃんは、初対面の僕に終始「お兄ちゃん」と呼びかける。

さっきから何度も呼んでいたがようやく今、そんなことに気づいた。

独りっ子だった僕は、今まで一度もそんな風に呼ばれたことがなかった。

だから、自分のことのように感じられなかったのだ。

琴里ちゃんに促されるまま、卓袱台《ちゃぶだい》について、淹《い》れてもらったお茶を口に含む。

「この村に、いらっしゃるのは初めてですか？」

「ええ……」

「でも、それでしたら驚かれたんじゃないですか、この村の陽気には？」

「九月だというのに、すごい暑さで。ホントに、死ぬかと思いましたよ」

「この村は盆地《ぼんち》なので、十月半ばぐらいまで、夏のような陽気が続いたりするんですよ」

「そ、そうですか……」

そんな村が九州にもあったのか……。

季節のない都会で、ただ毎日報道されるニュースを、そのまま事実だと鵜呑《うの》みにして、それが当たり前のように生きてきた。

しかし、そんなことはおそらく世界で起きていることの、ほんの一断面を知ってるに過ぎないのだろうと、ぼんやり思ってしまった。

「どちらまで行かれようとしてたんですか？」

「あ、いや、その……絵葉書の……」

そう言いながらポケットを探るが、肝心の絵葉書が見つからない。

「絵葉書って、これのことかも？」

琴里ちゃんが、そう言いながら絵葉書を差し出した。

「お兄ちゃんが、倒れてたとこにあったんだよ」

「拾ってくれたのか。ありがとう。……この家に行こうとしてたんです」

「それなら、ここでいいんだよぉ」

琴里ちゃんは、満面の笑みを浮かべて言う。

「そうじゃなくて、いかにも品のいい感じの、白髪の、おじいさんの家に……」

「そうなんですよ。その家ってここなんです」

穂乃香さんも笑顔で頷《うなず》く。

「えっ？　いや、ここは……。だって、おじいさんなんか……」

僕は聞き返した。

「この神社の神主をしながら、私たちを男手一つで育ててくれた祖父は、三年前に他界しました。でも逝《い》く時に、もうすべては大丈夫だ、思い残すことはないって、安らかな顔で、息を引き取ったんです」

僕はふっと、旅先の列車の中で出会った時の、老人の顔を思い返してみた。

老人の、まなじりの下がった柔らかな顔……。あの顔が、いかに穏やかで、幸せに満ちた表情をしていたかを大学生だった当時は分からなかった。しかし、社会という喧騒《けんそう》の中で、嫌というほど揉《も》まれてきた今なら、よく理解できる。

顔は、その人の歩んできた人生を映す鏡だ。

老人の歩んできた長い長い人生が、どれほど幸福に満ちていたのか。そして、長い年月、その幸福を維持して生きることが、どれほど困難だったかを、彼女たちを目の前にして、とてもリアルに感じる。

この部屋、この空気、この温かさ……。

ここでの暮らしの中で、老人は本当に満足して人生に幕を降ろして逝ったのだろう。では、果たして自分はどうかと考えてみる。

都会で毎日、仕事のことだけを考えて、日々を塗りこめてゆくだけの日常……。

そんな中で、僕が終わりの時を迎えるとしたら、思い残すことはないなんて、そういう言葉が自然に言えるだろうか……。

そんな風に思いに耽《ふけ》ってしまい、いけないいと気づいてまた我に返る。

「それは知らなかった。じゃあ、僕は尚更、ここにいる理由もないわけですね。まだ帰りの電車もあると思いますんで帰ります」

「もし御迷惑じゃなかったら、泊《と》まっていってもらえませんか？」

「迷惑だなんて、それは、むしろ僕の方で……。倒れたのをこちらまで運んできていただいて、布団で休ませてもらって、それだけで感謝してます。ありがとうございました」

僕は彼女の、泊まっていって、という言葉が社交辞令だと思い、真に受けて逆に迷惑をかけてはいけないと、早々に帰ろうと腰を上げる。

「社交辞令ではないんですよ。この村には、ほとんど他《ほか》の土地の方などいらっしゃらないんで、いろいろお話を聞いてみたいし、それに祖父もあの世で、きっと、そうすることを望んでいると思うんです」

立ち上がりかけた腰の力が、ストンと抜けた。

あの老人が望んでいること……。

老人が絵葉書に書いてくれた、「一度、わが家に遊びにいらしてください」という一文。

あの絵葉書が届いた四年前……。

僕はまだ入社したてで、忙しい毎日を送っている中で、軽い気持ちで受け取っていたけど、もしかしたら、老人は僕がもっと早くここにくることを願っていたのかもしれない。

そう思うと、穂乃香さんの言葉に無理強《むりじ》いしてまで「帰ります」とは言い出せなかった。

「それでは、お言葉に甘えて、一晩だけお世話になります」

「こんなところですが、一晩とは言わずに、好きなだけいらっしゃってくださいね。……私たちも男の人の手があると心強いですから」

「お兄ちゃん、泊まってくれるの？　やったぁ！　ずぅっと、泊まってってねぇ」

べたべたべた……すりすりすり……。

琴里ちゃんは仔犬《こいぬ》が甘えて擦《す》り寄ってくるように身体《からだ》を寄せてくる。

しかし、逸美だけは、依然として僕と視線を合わせることもなく、遠くから窺っている。

「……男の人を泊めるなんて」

ぼそっとそう呟くと、ぷいっと居間から出て行った。

そんな彼女の言動に、僕は少し後ろめたい気分になった。

「ねぇ、お兄ちゃ～ん。琴里が、おうちの中、案内してあげるからねっ」

気まずい雰囲気《ふんいき》を拭《ぬぐ》い払うように、琴里ちゃんが僕の手をグイグイ引いて導く。

「あんまり、迷惑かけないようにするのよ」

穂乃香さんの声に、琴里ちゃんは明るく答える。

「だいじょぶだもんねぇ～、お兄ちゃん！」

もうずっと「お兄ちゃん」なのね。まぁ、いいけどさ……。

でも、こう連呼されていると、「お兄ちゃん」という呼ばれ方も案外いいなぁ、なんて心地よさを覚えたりしてくるから不思議だ。


僕は彼女に手を引かれるまま、居間を後にした。

「ここが台所。ウチじゃ、お料理は全部、お姉ちゃんの仕事なの。逸美ちゃんなんか、たまにやったら、ホント大変なことになっちゃうんだよぉ～」

なんともいえない古さが、僕の実家の台所を思い起こさせた。

僕は、思わず蛇口を全開にして、顔を突っこんで直接水を飲んでみた。

都会の水のようなカルキ臭《くさ》さもなく、ほどよく水も冷たくておいしかった。

小さい頃、毎日見ていた……母さんが、薄汚れた前掛けをつけて、トントンと包丁の音を立てていた姿が、蘇《よみがえ》ってくる。

そういえば、あの懐かしい匂いも漂っている。

「ヌカミソ、漬《つ》けてるんだね」

「そうなのぉ。お姉ちゃんがねぇ、毎日かき回さなきゃダメなのって言いながら、やってるよ。ヘンな匂いするけど、キュウリのお漬物とかおいしいんだぁ」

「うん、キュウリはいいね。ナスとかカブなんかもいいかもな」

ヌカ漬けなんか、東京では久しく食べてない。

ヌカ床にビールを入れるといいんだなんて言ってた、母さんの顔がふっと浮かんできた。


その次に案内されたのは、脱衣所だった。

「ウチの洗濯機には、ふたつ入れるとこあるの。普通は一個なのにヘンかも」

琴里ちゃんは笑う。二層式の洗濯機を知らないのだ。

母さんが、この方が水をたくさん使わなくてすむって、かなり全自動が普及した頃になっても、頑《かたく》なに二層式を使っていたのを思い出した。

まだ、実家の洗濯機は二層式のままなのだろうか、なんてふっと考えてしまった。


それから、琴里ちゃんは、追《お》い焚《だ》き式のお風呂場《ふろば》や、和式を洋式に簡易改良したトイレ、僕の寝室となる客間を案内した後、その向かいの穂乃香さんの部屋へと僕を導く。

「勝手に入っちゃ、マズいんじゃないの？」

「だいじょぶ、だいじょぶ。お姉ちゃんは、そういうので怒ったりしないから」

穂乃香さんの部屋をのぞきこむ。

シンプルだけど、綺麗《きれい》に整頓《せいとん》された部屋だ。裁縫箱があって、ミシンもある。

穂乃香さんが、母親代わりをちゃんとやっていることがよく分かる。

「お姉ちゃん、昼間は神社で巫女《みこ》さんしてるから、ここにその服が干してあったりすることもあるんだ」

「巫女さん？」

「あれ？　お姉ちゃん、言ってなかった？　隣が神社なの、くる時気づかなかったかな？

……あ、そっか、倒れて運ばれてきたから、神社なんか見てないか」

「そういえば、お祖父さんが神主だったたって言ってたもんな」

穂乃香さんは、二人の母親代わりをして、その上、神社で巫女をしているなんて……。

毎日大変だろうに、そんなことを微塵《みじん》も感じさせない温和な性格に、東京ではいつもイライラし通しだった自分を比べて、恥ずかしくなった。


「電話は、これを自由に使っていいからね」

琴里ちゃんは、廊下《ろうか》にある電話を指さした。

レースの布で覆われている初期型のプッシュホンだ。

そういえば、この村に辿《たど》り着いた途端に携帯電話が「圏外」になったのだった。

「僕の家の留守番電話のメッセージとか、ここから聞けるかなぁ」

僕は、留守電の遠隔操作について聞いてみる。

「琴里、分かんないけど、たぶん、だいじょぶだよ。きゃはははっ」

そう言うと、他人事のように笑った。

琴里ちゃんは、そんな機能について、きっと考えたこともないのだろう。

都会では、彼女の歳《とし》の子なら誰《だれ》もが、携帯電話を所有しているというのに……。

「二階は、琴里と逸美ちゃんの部屋があるんだ。まずは、逸美ちゃんの部屋からね」

琴里ちゃんは、キイキイ音を立てる階段をピョンピョン跳ねるように上がってゆく。

「逸美ちゃんの部屋は、ちょっとスゴイかも。身体を鍛《きた》える道具とかいっぱいあるんだ。逸美ちゃん、運動神経バツグンで、バレーボール部のキャプテンもやってるんだ」

琴里ちゃんは、逸美の部屋の扉に手をかける。

「大丈夫なのかい？」

「だいじょぶって、なにが？」

「なんか、僕を避けてるみたいだからさ」

「逸美ちゃん、人見知りするから、恥ずかしがってるだけだから、だいじょぶだって」

「いや、でも、やっぱり……」

そう言う僕を制して、琴里ちゃんは声をあげる。

「い、つ、み、ちゃ〜ん。お兄ちゃんにお部屋見せてあげてよ」

「……」

応答はない。しばらくして、ガラリと扉が開く。

「逸美ちゃん……」

無邪気に微笑《ほほえ》む琴里ちゃんに、ブスッと迷惑そうな顔で逸美が言う。

「ヤだ。見せたくない……」

そう言って、ピシャリと扉を閉めた。

「ありゃ……」

「だから、言わんこっちゃない」

「いいのいいの。ほっときましょ。逸美ちゃんは、そういうとこあるんだ」

「そういうとこって？」

「男の人に対して、なんていうか、こう……」

「警戒してたりするっていうこと？」

「そだね」

でも、少しだけのぞき見た逸美の部屋で、ちょっとしたことに気づいた。

壁に「ＴＯＫＹＯ」と書かれたペナントが貼《は》ってあり、本棚の上にも東京タワーの置物があった。

逸美は、僕がかつて彼女と同じ歳の頃に思っていたように、東京という大都会への憧《あこが》れを抱いているのではないだろうか。

そう考えると、僕に心を見せてくれない逸美も少しだけ身近に感じることができた。

最後に琴里ちゃんの部屋に案内された。

花柄のカーテンに、ぬいぐるみに、ファンシーボックス……。

いかにも女の子っぽい乙女《おとめ》ちっくなレイアウトで、机《つくえ》やタンスには、シールがペタペタと貼られていた。

「今、学園でかわいいシールとか集めるのが流行ってるの」

「それで机に貼っちゃうのか」

「だって、かわいいんだもん。いいでしょ？」

穂乃香さんと逸美の部屋を見てきて、琴里ちゃんの部屋が一番普通の女の子らしかったので、なんだか少し安心した。

僕は疲れていたせいか眠くなってきたので、一人で客間へ戻って布団に入った。

そして、まもなく眠りへと堕《お》ちた。いつもよりも、ずっとずっと深い眠りだった。

「お兄ちゃん、お兄ちゃん」

琴里ちゃんの急《せ》かすような声で目が覚めた。

朝だった。陽射しが、障子越しにも眩《まぶ》しく照りつけていた。

チュンチュン、チチッと鳥たちの交わす鳴き声が聞こえてくる。

「ねっ、遊ぼー」

琴里ちゃんは、布団の僕を揺り起こすと、べたべたすりすりと仔犬のように身体を擦《こす》りつけてくる。

「学園には行かなくていいの？」

「日曜日だよ。今日は、琴里が家の外を案内してあげるね」

そう言って、琴里ちゃんは、僕の手を引いて、外へと連れ出した。


玄関を出ると、神社の境内に繋《つな》がっている。

巫女服姿の穂乃香さんが、神社のお社《やしろ》の方からこちらに向かって、竹ボウキで掃き掃除をしている。

僕は、穂乃香さんのもとまで駆け寄ってゆく。

「おはようございます」

「よく眠れました？」

「それはもう。普段だと、枕《まくら》が変わると眠れなかったりする方なんですけど、昨夜はどういうわけかぐっすり……。ここにいると不思議と気持ちが安らぐんですよね」

「そうですか。それはよかったです」

そう言いながらも、穂乃香さんは、掃き掃除の手を休めない。

「お姉ちゃん、まだ当分、ここの掃き掃除してるから。他を案内してあげる」

僕は琴里ちゃんに手を引かれてお社の中へと入って行った。

「お社の中は、普通の人はお祭りの時とかしか見れないんだよ」

「で、ここでなにするの？」

「お祭りの時は、儀式をしたりするんだけど、琴里はよく分かんないかも」

お社の中は、垂《た》れ幕《まく》や大きな鏡、陶器《とうき》でできた壺《つぼ》や、お札や屏風《びょうぶ》など、普段見慣れないものばかりだった。

「で、その儀式をするお祭りって、いつあるの？」

「十月の十二、十三の二日間だよ」

「ふ〜ん、来月かぁ」

まだ休暇中の僕はその頃、いったいなにをしているのだろう。

琴里ちゃんは、社から出るとその裏にある大きな御神木へと案内した。

桃の木だ。

しかし、とても桃とは思えないしっかりとした幹と枝ぶりで、大きく聳《そび》え立っていた。

「うわっ、すごい立派な桃の木だな」

「お姉ちゃんが、この桃の実を取って、その実のエキスを絞って、ジュースとかお酒とかを作るの」

「この神社で？」

「加工してくれる会社があるんだけど、使うのは、この御神木から取れた実なんだよ」

「エキスまでをここで取り出して、それを出荷してるんだな」

「そうかも」


午後になって、穂乃香さんが雑貨屋に買い出しに行くというので、同行することにした。

それは琴里ちゃんの「遊ぼー」攻撃に捕まらないようにするためでもあった。

村の、ひらけている……といっても、三姉妹の住む家のように、隣の家まで何百メートルもあるようなところではなくて、ポツポツ何軒か民家が連なっているところに雑貨屋はあった。

中野《なかの》商店とブリキの看板が掛かったそこは、子供の頃によく行った、老婆が一人でやっていて、万引きされても全《まった》く気づかないような、あの頃の駄菓子屋《だがしや》みたいな佇《たたず》まいだった。

「ここが街でいうコンビニみたいなものかしら。ここにくればたいていのものは揃《そろ》うんです。でもコンビニといっても、だいたいお昼頃開いて、夕方ごろ閉まっちゃいますけど」

「頃、なのね。そりゃ、すごいコンビニエンスだね」

穂乃香さんは、笑う時は決まって、頬《ほお》を染めて、恥ずかしそうに下を向いて笑った。

間違っても、ガハハなんて歯を見せて笑わない。

東京では見ないタイプの、絵に描いたような清楚な女性だ。


「こんにちはー」

穂乃香さんは、中野商店の奥の方へと入ってゆく。

それを横目に見ながら、僕は手前から棚に並んでいる商品を物色していくことにした。

……どうなってるんだ。

店の中まで、僕が子供の頃の、あの時代の雰囲気だ。

手前には駄菓子がいっぱい並べてあって、奥には日用品が所狭しとひしめいている。

それに、この糊《のり》のような匂い。つり下げてあるワイシャツ。

どうやらクリーニング屋まで兼ねているらしい。

「そんなにウチのもの、珍しい？」

「あ、いやいや……」

ハキハキとものを言うメガネをかけた少女が姿を見せた。

「お店の人？」

「本当は、おかあちゃんがやってるんだけど、クリーニングの得意先回りとかしてるからね。私がいる時は、ほとんど私が店に立ってる」

「計算とか得意そうだもんね」

「イマドキ、こんなメガネかけてるから？　私、すごく度がキツくないとダメだから、フチなしのメガネとかだとヘンなんだよね。お兄さん、逸美んとこにきてるお客さんでしょ。聞いてる聞いてる。どう、こっちは？」

「いや、どうって、聞かれてもね。なんて言えばいいのか、ね」

昨日の今日でどっから聞いたんだろう。僕は、昨日倒れる前に、誰かに道を聞いたんだっけかぁ……そのあたり記憶がイマイチ曖昧《あいまい》で思い出せない。

「私、この店、中野商店の一人娘、中野瑞恵《みずえ》。逸美のガッコの同級生。瑞恵って呼び捨てにしてもらっていいからね」

「ああ……どうも。それはそれは……。僕は……」

「ああ、いいのいいのっ！　東京からきたんでしょ。聞いてる聞いてる」

「あ、そう」

「広告代理店に勤めるエリートなんだってね。う～ん。見ようによっては、インテリジェンスに見えなくもないか」

そんな細かいこと、誰から聞いたんだろ？

穂乃香さんと電話で話でもしたのかなぁ……。まぁ、それなら分かるけど。

「キミの方がずっとインテリに見えるよ」

「やめてよ、そんな。私、ちょっと気にしてるんだからっ」

「ごめん」

傷ついたかと思うとケロっとしてる。さっきから捲《まく》し立てるように早口で話している。

普通はそんな感じだと、落ち着きなく見えたりするけど、彼女はそれでもどこか冷静で
インテリな感じがするのは不思議議だ。

……だけど少し古臭い、二十年前のインテリという感じか。

たぶん男に生まれていたら、アダ名は「ガリ勉」だったみたいな。

でも、外見はそうであっても、中身はしっかりイマ風だ。

僕は、穂乃香さんの買い物が済むまで、瑞恵と話しこんでしまった。

穂乃香さんと二人きりの帰り道。

僕は、重い方の紙袋を持って、並んで歩く。

「あ、重くないですか」

「いえ、ぜんぜん」

「一緒にきてもらって正解でした。普段の二回分、お買い物できちゃったし」

穂乃香さんは、恥ずかしそうに頰を染めて笑う。

「それはよかった」

僕は、そんな穂乃香さんの横顔に思わず見とれてしまう。

「私の顔、なにかついてます？」

「いや、その、かわいいなと思って。思わず見とれちゃって」

「いやだ。……恥ずかしい」

穂乃香さんはそう言って、更に恥ずかしがって少し俯《うつむ》いた。

山の向こうから穂乃香さんを照らす夕焼けも綺麗だった。

こんな風景の中にずっといられたら、僕のギスギスし

た性格も、ヘンな焦燥感も、そんなもの微塵も感じずに生きられるのかもしれない……。

そんな気にさせる美しさだった。


家に戻ると、僕は黄昏《たそがれ》の境内に一人でぽつんと待つことになった。

「歓迎会とかって、主賓《しゅひん》の方は、その準備風景なんて見ないものですよ」

穂乃香さんにそう言われて、外に出されたのだ。

今晩は、僕の歓迎会を開いてくれるのだという。

なんだか申し訳ない。

昨夜は、今日のうちに帰ろうと決めていたのに、すっかり穂乃香さんや琴里ちゃんのペースに巻きこまれて、今晩も泊まることになってしまった。

明日もここに世話になっていいものだろうか。

一ヶ月の有給休暇を取ったってどうせ行くあてもなかったんだし、こんなに心休まる風景の中であんなに歓迎してくれるのなら、休みの間中ずっといさせてもらえたら、こんな嬉しいことはない。

だけど、問題は次女の逸美だったりする。

彼女が、僕に不快感を持っている以上は、いくら二人の好意とはいっても、このまま泊まらせてもらうわけにはいかない。

琴里ちゃんは、恥ずかしがってるだけだと言うが、果たして本当にそうなのだろうか。

それは気になるところではある。

だけど、歓迎会を開くということは、少なくとも二人は、僕が当たり前のように、休暇を全てここで使うと思っているに違いない。

どうしたらいいものだろうか……。

そんなことを考えていたら、背後から突然声をかけられた。

「なに考えごとしてるの、お兄さん！」

振り向くと、中野瑞恵がそこにいた。

瑞恵の傍《かたわ》らには、穂乃香さんよりもずっと大人《おとな》な妖《あや》しい色香のある女性がいた。

「うわっ、瑞恵ちゃんか」

「だから、瑞恵でいいって言ってるのに。で、なんでこんなところに独りで立ってるの？」

「準備をしてから、って言われて締め出しをくらってるんだよ」

「ははは。穂乃香さん、そういうの好きそうだよね」

「そうか、キミも呼ばれてきたのか」

「そう、私とセンセとね」

瑞恵の隣の妖しい色香の女が口を開いた。

「天衣逸美と中野瑞恵の担任の美和泰子《みわやすこ》です。学園では社会科を教えてます」

「えっと、僕は……」

「知ってるわ。天衣神社に若い男が泊まってるって、もう村中の噂《うわさ》ですからね」

泰子先生は、言った。

「それにしても、噂が広まるのがおそろしく速いよなぁ」

「この村の男って、少年かお爺《じい》ちゃんでしょ。若い人いないから、噂はすぐに広がるわけ」

当たり前のような顔をして瑞恵が返す。

「そうなの……」

二人の視線は、僕を上から下まで舐《な》めるようにゆっくりと凝視している。

僕は、まな板のコイ状態で動けない。

「ねぇ」

「うん」

二人だけで秘密の信号を交わしてる。なに？　なんなんだ？

「でも、よかった。あなたなら安心みたいね」

「えっ？　なにがですか？」

僕がそう聞き返した時に、ちょうど琴里ちゃんが玄関を開けて声をあげた。

「お兄ちゃん、準備できたよぉ～」

「準備できたってさ。さ、行きましょ」

泰子先生が質問に答えるのを待たずに、瑞恵が急かす。

「ちょっと待って。なにが安心……？」

結局、その答えは聞けずじまいで、僕は瑞恵と泰子先生に押されるようにして母屋へと入っていった。


僕を中心に三姉妹と泰子先生と瑞恵が卓袱台を囲み、歓迎会が始まった。

自分の誕生日だって仕事の忙しさで忘れてたりするし、そうであっても誰も周りの人から気遣われることもない暮らしだったから、こんな風に歓迎してもらえるのは嬉しかった。

穂乃香さんは、僕に徳利《とっくり》に入った甘い匂いのするお酒を勧めた。

「この村の名産の桃酒です。たくさんあるので、どんどん召し上がってくださいね」

オチョコも用意してあるのにグラスを僕に手渡し、桃酒をなみなみと注いだ。

みんなも笑顔で手拍子するから、僕は調子に乗って一気に空《あ》けてしまった。

すると、琴里ちゃんが空いたグラスに再び注ぐ。また、なみなみだ。

「いい匂いするでしょ。あの御神木の、桃の実エキスで作るんだから」

みんなの手拍子は止まらない。再び僕は一気に空けるハメになった。

二度目は、少し味わう余裕も出てくる。

ほんのりと甘く、スッと喉《のど》を通って、後味もさっぱりしている。

「今度は、少しずつ注いでね。僕、酔っちゃうから……」

そんな風に僕が笑うと、真向かいに座っていた泰子先生が、いつの間にか隣にいた。

「じゃ、今度は、私がお酌《しゃく》します」

とく、とく、とく……。もうその辺でと思い、僕は、おっとっととグラスを上げる。

「ふふふ……」

泰子先生は、微笑みながら注ぎ続け、止める様子もない。とく、とく、とく……。

「先生、ふふふ、じゃないですよ。……なんだ、結局なみなみ注いでるし」

周りは、また手拍子の準備をしている。僕は、半ばヤケになって、一気に呷《あお》る。

ぐびっ……ぐびっ……ぐびっ……ぱあっ！

「だんだん身体の奥の方がポカポカして、力が湧《わ》いてくるような気がします」

「そうなんですよ。この桃エキスには、不思議な効能が

あって、村では、大人は桃酒、子供は桃ジュースをいつも飲んでいるから、無病息災、医者いらずなんですよ」

穂乃香さんは、落ち着いた口調でそう説明した。

「嘘《うそ》みたいな話」

「ホントよ。それを証拠に、この村には病院がないんだから」

瑞恵が口を挟む。

「へぇ〜、不思議な力か。なんだか、どんどんいい気分になってきたぞ」

「そーとー、ノリやすいね。ははは……」

気がつくと、僕一人で、一升《しょう》以上の桃酒を空けていた。

「なんらか、僕、夢心地でしゅ。はひぃ……」

朦朧《もうろう》とした意識の中でみんなを見渡す。

みんなが笑っている中で、それまではつられて笑ってたのに、僕と目線が合うとキツイ顔をして目を逸《そ》らす逸美が気になった。


歓迎会は、盛況のうちに幕を閉じた。

瑞恵は、途中で用事があると帰ったらしいが、酔っていたせいで全く気づかなかった。

僕は、桃酒にしたたか酔ってはいたが、やはり女性を一人で帰すわけにはいかないので、泰子先生を家まで送っていくことにした。

どんな道順だったかは覚えていないが、なんとか泰子先生の家まで辿り着いた。

ずいぶん歩いたせいか、少しは酔いも醒《さ》めてきているような感じはしていた。

「ここよ、私の家」

「一軒屋なんですね」

「どっかに下宿してるとでも思った？」

「というか、どっちかかな、と」

「なにが？」

「もう結婚してて、旦那《だんな》さんと二人で一戸建てに住んでるか。独りでマンション暮らしか」

「酒乱の亭主《ていしゅ》に逃げられて、子供が三人いて大変、っていう選択肢《せんたくし》は？」

「えっ、本当ですか？　早く帰ってあげないと、子供たちが待ってるじゃないですか？」

「う、そ」

「だと思った。子供がいるようには見えないですよ。所帯じみた感じとかないですもん。旦那さんいたとしても、新婚ホヤホヤとか、ね」

「結婚もしてないわ。……独りよ。残念ながら、この村にはマンションないから。ま、あっても、私はこの方が落ち着くけど……」

「ほら、やっぱり。九分九厘《くぶくりん》、独身だと思ってました。見た目で分かるんですよね。仕事

「ま、そのあたりのことは、あがってコーヒーでも飲みながら話しましょうよ……」

「えっ、ということは、先生、都会の人？」

泰子先生は、また意味ありげな笑みを浮かべる。

「人は見かけによらないわよ。特に都会の人間は嘘が上手だから。ふふふ……」

がら外でいろいろ人を見てたりするから」


そんな風に、促されるまま家にあがった。

「でも、いいんですか？　うら若き独身女性が、僕なんか家にあげちゃって」

僕は、そう言って、出してくれたコーヒーをゴクゴクと喉に入れる。

「どういう意味？」

「送りオオカミになっちゃったら、どうするんですかぁ……」

「私に？　私は、そういう歳でもないわよ。あなたより、一歳年上だったりするんだから」

「えっ、そうなんですか。見えないなぁ」

「じゃあ、どんな風に見えてるのかなぁ。東京からきたエリートサラリーマンさんには」

「いや……」

僕が言葉に詰まっていると、泰子先生はまた「ふふふ…」と笑う。

そして、ブラウスのボタンを上から二つ外して、首筋から、うなじをなぞって髪をかき上げ、束ねていたリボンを解いた。

たくらみを秘めた上目遣いで、僕を見つめる。

「じぃぃ〜〜」

「なにしてるんですか？」

「ふふふ。し、な、さ、だ、め……」

そう言うと泰子先生は、僕にしなだれかかってくる。

そして、僕の耳もとに熱い吐息をかける。

見下ろすと、開いたブラウスの胸元からブラジャーに包まれた白い谷間が見える。

「先生？」

泰子先生は、僕の股間《こかん》へと手を伸ばし、ズボンの上から、ゆっくりとさすりあげる。

じらすように、心地よい刺激が股間から伝わって、僕のペニスは痛いほど膨れ上がった。

「ふふふ……。……がおっ！」

酔いはすっかり醒めたつもりでいたが、あの桃酒を飲んだ時と同じように、ポカポカと、いや、あの感覚よりももっとほとばしる熱さが、身体の奥から湧きあがってくる。

「先生、僕……。身体の奥の方が、だんだん熱く……」

「こんなにおっきくして……すごいわねオオカミさん。……ふふふ」

泰子先生は、倒れかかるように顔を寄せると、自分から僕の唇を押し開き、舌を滑りこ

ませてきた。

んっ……はぐっ……。

口の中で僕の舌先と彼女の舌先が絡み合う。

泰子先生は、自分から舌先を滑らかに動かし、僕の舌先から、唾液《だえき》を音を立てて吸い取ると、僕の舌のつけ根や歯茎の裏までを、ネットリと唾液を絡めながら刺激してくる。

そして、再び僕の舌先に絡めると、クニュクニュと回して動かしてゆく。

ちゅぱぁっ！　……ごくり。

泰子先生は、僕の唾液をノドを鳴らして飲みこんだ。

「ふふふ……。おいしい」

僕の股間は、すっかり反応して、ズボンの上からでも膨張しているのがはっきりと分かるほどだ。

「先生……」

「やだ、泰子って言って」

そう言いながら、片手を膨らんだ股間の上に、もう片方の手の指先は、僕の胸を愛撫《あいぶ》してゆく。

「や、泰子……」

「そう。よくできました。ふふふ……」

泰子先生は、僕のズボンへと手をかけると、スルリと下ろして、剥《は》ぎ取ってしまい、たちまちトランクス一枚の状態にしてゆく。

「パンツの先が濡れてるわよ。こんなに大きくなっちゃって、悪い子だなぁ」

「僕……」

「ね、私の服も、ぬ、が、せ、て」

トランクスの股間を擦りながら、そう耳もとに息を吹きかける。

僕は、もう抑制がきかなくなって、溺《おぼ》れるように彼女の身体にむしゃぶりついてゆく。

ブラウスを強引に剥ぎ取ると、フロントホックのブラジャーの留《と》め金を外す。

プルンと左右に揺れながら、豊かな乳房が飛び出した。

その谷間には、汗の玉がキラリと光っていた。

「……はぁん」

僕は彼女の甘い声と熱い吐息に更に興奮して、露《あら》わになった胸の谷間に顔を埋めながら、下半身へと手をかけてゆく。

滑らすようにズラしながらタイトスカートを外し、黒いレースのパンティの脇《わき》へと指をかける。

すると、その指の動きを彼女の掌《てのひら》が上から塞《ふさ》ぐ。

「……ま、だ。焦らないで」

僕は頷くと、彼女の乳房に唇を当ててゆく。

白い肌にピンクに映える乳輪の上を、唇をプックリとその表面を押し当てるように、愛撫してゆく。

「あ、はぁん」

唇の先に汗のベトついた感じが伝わってくる。

そして、唇から舌を平らに出すと、その乳輪に沿って、ベトっと押し当ててゆく。

「う、うっう～ん」

彼女は、僕の舌先が、その先端へと届くように、身体を微妙に移動させる。

しかし僕は、わざとその乳輪のあたりばかりを愛撫して、なかなか先端に舌先を触れようとはしない。

「あ、あん」

じらしながら、やがて硬く舌先を尖《とが》らせると、バストの中腹の部分から先端へ向かって、登るように舐め上げてゆく。

舌先に乳首が触れると、彼女の身体が感電したようにビクンと反応する。

「やっ、あぁぁン」

僕は、乳首のところで舌先を回すように這わせてゆく。

「うっ、うっン。もっと……、もっと、舐めて」

そう言って、泰子先生は胸を回すように身体を揺する。

彼女の乳首がしだいに硬く隆起してくるのがはっきりと分かった。

「乳首、勃《た》ってきた……」

「やぁン……」

僕は、乳首を口の中に含むと、舌先で軽く叩《たた》いて上下させるような刺激を与える。

「あ、はん。気持ちいい……」

彼女の黒いレースのパンティの中心部が、いっそう黒く露色《つゆいろ》に輝いてきた。

僕は、乳首の愛撫を続けながら、彼女の下腹部へと伸ばした手の中指と薬指で、レースの上からその中心部に触れた。

「やっ……」

レースの上からでも、秘所から充分な蜜《みつ》が溢《あふ》れ出ているのが、指先に伝わってくる。

「こんなに濡れて、いやらしい」

僕は、彼女のパンティをゆっくりと剥ぎ取った。

すると、彼女もトランクスの上から擦っていた手を離し、僕の膨張したペニスを取り出した。

「ふふふ……。おっきい……」

彼女は、僕のペニスを掌でくるみ、手慣れた仕草で撫《な》でてゆくと、みるみると膨張しだしたそれを、親指と人差し指の輪の中でかこって、上下にゆっくりとスナップしだした。

「うわっ、どんどんおっきくなってく……」

そう言いながら、彼女はすぼませた唇の先に、クチュクチュと唾液をいっぱい溜《た》めて、僕のペニスの先端めがけて垂らしていった。

彼女の唇の先から唾液が、いやらしく糸をひく。

その光景を見ているだけで、僕の興奮度はさらに高まっていく。

そのうちに手の愛撫だけだった陰茎にやっと舌先が伸びてくる。

それも裏側だ。根元の部分から、丁寧にネットリと、だんだん先端の部分へくるにつれて、チロチロと小刻みに舌先を動かす。

そして、先端の裏側を重点的に責めてくる。

「うっ……、くうう……」

思わずこらえきれずに声が漏れてしまう。

もう最大値まで膨張したペニスを、早く咥《くわ》えこんで欲しいが、彼女はまだジラしている。

プクッと先端が響いて、先走り液が出たのを感じる。

「ふふふ……。いやらしい液がプクッて出たわ……」

彼女は、ベタッと広げた舌で、その液を拭い取りながら微笑む。

「も、もう我慢できないよ。そ、その、泰子先生の中に入れたい……」

「ふふふ…。……いいわよ」

彼女は人差し指と中指の二本で、僕のペニスを支えると、自分の膣口《ちっこう》へとあてがい、先端の部分だけわずかにハメこむと、目を閉じて、ゆっくりと味わうように腰を落とした。

ぬぷっ、くぷっ、ちゅぷっ、と愛液に濡れた膣口が音を立てる。

「んくっ、あぁぁぁ、入ったぁ」

泰子先生は、自分の胎内《たいない》に入ったペニスの大きさを確かめるようにしばらくじっとしていた。

そして大きく深呼吸すると、僕の腹部に両方の掌を乗せて、自分から前後にゆっくりと、腰を動かし始めた。

充分に濡れそぼった膣に咥えこまれたペニスは、上からも、もちろん横からも圧迫されて心地いい。

更に、彼女の腰が前へと押し出される度に、先端の裏側が、壁の中を擦れていくのが、言いようのない快感を運んでくる。

クキッ、クキッ、クキッ……。ブチュ、ブチュ、ブチュ……。

彼女が熟《う》れた腰を前後にくねらせる度に、腰はクキックキッと小さな音を立て、膣口は咥えこむ深さをその度に変えて、ブチュブチュといやらしい音を響かせている。

「はぁンっ……、あんっ……、あっ……」

泰子先生は、リズミカルに腰を擦りつけてくる。

僕は、下から彼女の両腰を掴《つか》んで、腰を何度も突き上げてゆく。

「ふっ……、あっ……、あぁ……奥に当たるわ」

彼女は、前後に加え、上下の刺激を得て、虚《うつ》ろな目で頬を紅潮させて悦《よろこ》んでいる。

僕は、手を伸ばし、両方の掌で、彼女の乳房を揉みしだきながら、腰を突き上げる。

「やんっ、あぁん、そんなに突かないで」

「……痛い？」

「違う。……あっ、あぁン。……あんまり奥を突くと、おかしくなっちゃう」

僕はニヤリと笑うと、黙って上へ上へと腰を突き出した。

「やっ。腰が勝手に動いちゃうぅ～」

彼女は、突く度、ピョンピョンと跳ねながら、腰をすごい勢いで、前後にクネクネとグラインドさせ、ペニスを膣の奥に擦りつけてゆく。

「あぁぁぁっ、気持ちいい。そこぉ……、あたるぅ～」

初めはクキッと小さな音を立てていた腰が、カクカクとすごい振動となって伝わってくる。

「突いてぇ～。もっと、もっと奥ぅ～」

更に彼女は、自分の指をクリトリスへと伸ばし、くるくると愛撫しながら、我を忘れて感じてゆく。

僕もその淫《みだ》らな光景を下からの煽《あお》りで眺めているといつも以上に興奮して、絶頂が近づいてきたのを感じていた。

「あっ、あっ、もうだめ、イキそう……」

「そんなに動いたら、僕も、やばい……」

僕は上半身を起こして、彼女を横たえ、足を抱えあげて、抽挿《ちゅうそう》を加速させる。

パックリと開いた花弁の間に、膨張したペニスが何度も吸いこまれていく。

二人の繋がった間からは白く泡立《あわだ》った愛液がプクプクと滲《にじ》み出してくる。

僕は茂みへと手を伸ばし、その感触を楽しんだあと、更に下へと指先を下ろし、小さな突起物を探り当てた。

親指と人差し指を使い、クリトリスを覆っている包皮を剥《む》き、泰子先生の敏感な部分を剥き出しにする。

指先に愛液をまぶし、初めはゆっくりと、そして大きく膨張しはじめたら、しだいにかき回すように愛撫していく。

「あっあぁ、やだ、感じるぅ……」

敏感な部分に指先が触れるたびに、彼女の身体はビクンビクンと激しく反応する。

「あ、も、だめぇ……もう、イクっ……」

彼女の腿《もも》を上げるようにして深く挿入《そうにゅう》し、腰の律動を加速させてゆくと、彼女の膣の中はすでに短く痙攣《けいれん》している。

「あぁぁ、あっ、あっ、あっ」

「うっ、うっ、うっ、うっ……」

彼女の膣口が僕のペニスを何度も何度も誘うようにキュッと締め上げてくる。

「あっ、もう、イキそうだ。…んっ、イっ、イクよ……」

「きて、きて、はやくぅ、もう、私……。イぃ、イクぅぅぅぅぅぅぅぅぅ！」

身体が大きく波打って、彼女は果てた。

僕も、すぐに膣からペニスを引き抜き、彼女のお腹《なか》へと白濁液を放出させようとする。

しかし勢い余った精液は、胸はおろか彼女の顔にまで飛び散っていく。

驚いて思わず目をつむった泰子先生の顔に、飛んだ精液が頬を伝い流れ落ちる。

そんな光景を見ている余裕もないほどに、こみ上げる射精感と共に何度も何度も彼女の白い肌の上に射精を繰り返した。

泰子先生は虚ろな目で僕を見上げる。

目を下ろすと、彼女の身体の上には自分でも驚く量の精液が飛び散っていた。

彼女は、ペロリと出した舌で、僕のその白濁液を舐め取ると、ふふふ、と笑った。

「ごちそうさまでした」

「……お、おそまつさまでした」

精液を放出して一気に睡魔が襲ってきた僕は、彼女に寄り添って少し瞼《まぶた》を閉じた。

…………。

どのくらい経《た》っただろうか、僕が再び目を開けると、すでに服を着た泰子先生がまだ裸のままの僕を揺すっていた。

「そろそろ起きないと……」

「はぁ。あ、あれ、僕……」

動転する僕に、泰子先生はひどく冷静に言う。

「あんまり遅いと穂乃香ちゃんも心配するから」

そう言って、僕に服を手渡す。僕は、そそくさと服を着ながら弁解する。

「その、なんていうか、初めて会ったのにこんなことになってしまって……」

「いいのよ。久しぶりで、気持ちよかったし。誘ったのは私なんだから気にしないで」

「でも、私、誰にでもこんなことするわけじゃないんだからね。ふふふ……」

「誘った……？」

田舎道を戻りながら考えた。

なんだろう、まるで夢のようだ。嬉しいような後ろめたいような複雑な感じ。

「誘った」って泰子先生は言ってたけど……。

やっぱり、先生の家でコーヒーを飲んでから、おかしくなったような……。

勝手な勘違いかもしれないけど、コーヒーにもかすかに桃の香りがしたような気がする。

でも、さっきの泰子先生の淫らな裸身を思い浮かべると、今でも股間が膨張してくる。

そして、その先端にわずかに残る快感の余韻《よいん》。行為があったことは事実らしい。

穂乃香さんたちにバレなきゃいいけどなぁ……。


家に着くと、穂乃香さんだけがまだ起きていた。

「ずいぶん遅かったですね」

「帰り道、途中で分かんなくなっちゃったりして……」

僕は、遅くなった理由を曖昧に言い訳した。

これ以上話していると余計なことを言ってしまいそうだったので、穂乃香さんから逃げるように客間へと戻り、布団をかぶって目を閉じた。
穂乃香さん、琴里ちゃん、ごめんなさい……。
そして、おやすみなさい。

第二章　幼い微熱を……

穂乃香さんたちの好意に甘えて、天衣家にやっかいになりはじめて一週間が過ぎた。

時代に取り残されたようなこの村の生活にもだんだん慣れてきた。

いつもイライラしていた心も、三姉妹やこの村の人たちに触れ、穏やかになってきた。

今は、ここにきて本当によかったと思っている。

このところの僕の日課は、穂乃香さんの手伝いをすることだった。

穂乃香さんの仕事は、二人の妹の母親代わりのこと全般に加えて、巫女《みこ》さんとしてのおつとめだ。

僕は、買い物や掃除や食事の後片付けなど、僕にできる範囲のことを手伝った。

穂乃香さんは助かると喜んでくれたが、まともな生活をしてこなかった僕では、たいした力にもなれてない気がして、自分が歯がゆくもあったりした。

もう九月の終わりだ。しかし、この村の気温はおそろしく高かった。


そんな土曜日、その日はあまりにも暑いので、昼食に冷たいそうめんを食べたりしたが、いっこうに涼しくはならなかった。

「ひと雨くれば涼しくなるんでしょうけど」

縁側から外を眺めながら、そんな風に穂乃香さんは言った。

「そうですね」

僕は、時折チリンチリンと揺れる風鈴を見つめながら、そう相槌《あいづち》を打った。

琴里ちゃんもさすがにこの暑さではいつもの元気はなく、黙って団扇《うちわ》で扇《あお》いでいた。

都会では到底感じられないような、のどかな午後だった。

「ただいま」

玄関で声がした。逸美だった。休みだというのに朝から学校に行っていたのだ。

逸美がキャプテンを務めるバレーボール部の自主練習に出ていたのだった。

「おかえり」

穂乃香さんが玄関先まで出向く。

「うわぁ、あつぅ～」

制服を汗でビッショリにした逸美が、下敷きを団扇代わりにして扇ぎながらくる。

「どうした？　自主練、みんなきてた？」

僕は、さりげなく逸美に声をかける。

「さて質問です。例えば、こんなに暑い日、あなたなら自主練に行こうと思いますか？」

逸美は、特に嫌そうな感じではなく、そう返した。

「そっかぁ、普通はこないわな」

僕は、おっかなびっくりそう答える。

最近少しずつではあるが、逸美は僕に心を開いてくれているような気がしている。

「私《わたし》の方も、洗い物も済んだし、やることは全部終わったから、これからみんなで川にでも遊びに行ってみる？」

珍しく穂乃香さんからそんな提案が出た。

「いくいくぅ～」

琴里ちゃんは大ノリ気だ。

「お姉ちゃんから言い出すなんて珍しいね。でも、あたしは留守番してようかなぁ」

逸美は、どういうわけか行きたがらない。

「どうして？」

僕は訊《き》いてみる。

「こんな時は、逆に熱いお風呂《ふろ》にゆっくりつかる方がスッキリしそうだしね」

「それはないだろ」

「どうして決めつけるんだよ！」

しまった！　せっかく巧《うま》く会話を運んでいたのに、逸美はまた睨《にら》むように僕を見る。

「いいじゃないか。たまにはみんな一緒に出かけようぜ」

「逸美ちゃんは、いざ川に行こうっていう話になると、いつもそうだもんね」

琴里ちゃんは、意地悪するように逸美に言う。

「な、な、なに言ってるんだよ、琴里は。いいよ、行けばいいんだろ」

逸美は、動揺して下敷きで扇ぐのをバタバタと速めている。

「じゃあ決定です。みんな水着とか自分のものを用意してきましょう」

琴里ちゃんが指揮《しき》して、めいめい水着を用意しに部屋に向かった。

僕は水着を持ってきてなかったので、短パンで代用することにした。

居間で待っていると、穂乃香さんは、きちんと人数分のバスタオルを用意してきた。

やはりこういうところはしっかりしているなぁ、とつくづく感じた。


そして、あまりノリ気でない逸美を琴里ちゃんが引き連れる形で川へと向かった。

川の水は、どこまでも透明に澄んでいて、底に敷かれた小石まではっきりと見えた。

足を入れるとひんやりと冷たく心地よかった。小さな魚がチョロチョロと泳いでいた。

三姉妹は、岩場の陰《かげ》で着替えを済ませて僕の前に現れた。

穂乃香さんはふくよかな胸の谷間がしっかりと確認できるセパレーツの水着を、逸美は味もそっけもない紺色《こんいろ》のスクール水着を、琴里ちゃんはフリフリのついたかわいらしい着せ替え人形の衣裳《いしょう》のような水着を、それぞれ身にまとっていた。

「お兄ちゃん、えいっ」

琴里ちゃんはジャブジャブと川へ入っていくと、水を掬《すく》って僕へとひっかける。

「やったなぁ〜」

僕も反撃する。

「きゃははは

っ！」

琴里ちゃんは無邪気に大喜びだ。

「ねぇ、琴里ちゃん。やっぱり、川に遊びにくるっていうことは、この村には……」

「プールなんかないよ」

琴里ちゃんは、僕の疑問に先回りして答えてくれる。

「だけど、逸美が着てるのはスクール水着じゃないか」

すると、逸美がちょっと嫌々、でも誤解されては困るというように口を開く。

「体育の授業でも年に一回ぐらい川遊びっていうのがあったりするんだよ。それにこれはお姉ちゃんのおさがりだしね」

「私の時は、夏の体育といえば川遊びって感じで毎回だったけど、逸美ちゃんたちの頃《ころ》から、危険だからとかってあんまりくる機会がなくなっちゃったみたいだしね」

穂乃香さんが、手で平泳ぎのように水面を掻《か》いて進み

ながらそう言う。

おっとりした感じで、運動神経が良さそうには見えなかったので、少し意外だった。

「だからって逸美ちゃん、カナヅチなんて言い訳になりませ～ん」

琴里ちゃんが得意気にバタ足しながら、逸美を小バカにするように言う。

そういえば、さっきから逸美は浮き輪をつけて、ただ水の中に立ち尽くしているだけ。

「浮き輪……まさか逸美がカナヅチとは。てっきり僕は穂乃香さんがカナヅチなのかと」

「私は、さっきも泳いでいたじゃないですか」

「そうでしたね。でも、逸美、スポーツ万能なんじゃなかったのか？」

「川遊びなんかスポーツじゃないよ」

逸美は、ブスっと不貞腐《ふてくさ》れた顔で言う。でも浮き輪からは手を離さない。

「完璧《かんぺき》に見えたって一つぐらい欠点があるさ。浮き輪で溺《おぼ》れないように遊べばいいさ」

「足ついちゃうのにねぇ～」

せっかく僕が逸美を庇《かば》おうとフォローすると、すぐに琴里ちゃんがチャチャを入れる。

「琴里、あとで覚えてろよ」

逸美はそう凄むが、浮き輪を握ったままでは格好がつかない。

「川の中でケンカなんかしないで。危ないですからね」

揉《も》めそうになると、さりげなく穂乃香さんが注意して軌道修正していた。

やっぱり穂乃香さんは、きちんと母親代わりをしているんだなぁ、とヘンなところに感心してしまった。


水遊びから帰ってくると、僕は穂乃香さんの夕食の準備を手伝うことにした。

「今日はカレイの煮付けにしようと思うんです」

「いいですね」

穂乃香さんは、鍋《なべ》で作ったダシ汁を小皿に少し垂《た》らす。

「お味見してもらえますか」

僕はダシ汁に舌を当てる。

「ちょっとしょっぱいかもしれませんね」

本当はちょっとどころじゃなく、かなり塩辛かった。

「おかしいなぁ。そうですかぁ……」

穂乃香さんも小皿のダシ汁を舐《な》める。

「うわっ、辛いですね。あ、お水、お水……」

そう言って、穂乃香さんは、計量カップを手にとる。

「穂乃香さん、グラスはこっち」

僕が水の入ったグラスを手渡すのも間に合わず、穂乃香さんは計量カップに入っていたみりんを水と間違えてゴクリと一気に飲んでしまった。

「ん、これ……」

「みりんですよ」

「なんだか、身体《からだ》がホカホカしてきました」

まだ飲んだばかりなのに穂乃香さんの頬《ほお》が紅潮してきた。

「みりんにもアルコールが入ってるっていいますからね」

「私、アルコールは一滴もダメなんです」

「そうだったんですか。だから、歓迎会の時もお酒を飲んでなかったんですね」

「なんだか、いい気持ちに気持ち悪くなってきました。モヤモヤしてきまひたぁ～」

穂乃香さんの言葉は、既にろれつが回っていない。

「そんなすぐに酔いが回っちゃってるんですか？」

穂乃香さんは、真っ赤な顔で上目遣《うわめづか》いに僕を嘲笑《ちょうしょう》するような目で見ると……。

「おい、東京からきたニイちゃん。お前は、ろういうつもりでいるんら……」

「なんですか？　もう酔っぱらいですか？」

「聞いてるのら？　おい？」

「聞いてますよ」

「じゃあ、なんだ、その、わらしのことを、ろう思ってるんらっ！」

「えっ？……」

僕は、穂乃香さんの、その言葉を真に受けて答えた。

「いや、なんていうか、素敵な人だなぁなんて思ってます。笑った時に、頬を染めて、恥ずかしそうにちょっと俯《うつむ》く仕草なんて、すごくかわいいなぁなんて思っていつも見てます」

「よろひぃ～」

穂乃香さんは、そう言い終えると、バタリとその場に倒れて、グーグー寝息を立てて眠ってしまった。

料理の方は、後は味を調《ととの》えて煮るだけだったので、代わって僕が作ることにして、夕食ができるまで穂乃香さんを寝かせてやることにした。

食事が終わっても、まだ調子が悪そうなので、穂乃香さんには早く休むように言って、僕が食事の後片付けを済ませた。

酔っぱらっただけじゃなくて、きっと川で泳いで疲れていたのもあるのだろうか。

だけど、あんなにすぐに酔っぱらうなんて……。

……それとも、あれは全部演技だったのだろうか。

みんなが寝静まった夜になっても、眠れずに布団《ふとん》の中でそんなことを考えてしまった。

逸美に関していえば、最近の僕への態度は、急激に和《やわ》らいできているような気がする。

しかし、まだ冗談を言い合うような関係は作れない。

どうしても一枚壁を隔てているような感覚は拭《ぬぐ》いきれない。

琴里ちゃんはちゃんと眠っているだろうか。

琴里ちゃんの部屋をのぞくと、スヤスヤと寝息を立てて眠っていた。

安心して扉を閉めようと思っていると一瞬寝息がやんだ。

「大好きだよ、お兄ちゃん」

僕は、一瞬ドキッとなって、琴里ちゃんの顔をのぞきこむ。

……ね、寝てるよな。

いつも元気な時に、その流れの中でほとんど挨拶代《あいさつが》わりに言われる「好き」という言葉よりも、こうして寝言で言われた方が、ずっと重く心に届いたりするのは不思議だった。


翌日の日曜日は、全員で大掃除をすることになった。

「たまにはみんなで穂乃香さんの手伝いをするのはどうかな？」

なんの予定もないという逸美と琴里ちゃんに、僕が働きかけたのだった。

二人とも素直に賛成してくれた。

「今日は、琴里と逸美ちゃんとお兄ちゃんで、お姉ちゃんの仕事を手伝ってあげる」

僕が琴里ちゃんを促すと、穂乃香さんの前でそんな風に言った。

「ヘンなこと言い出すわね。さては、なにか欲しいものでもあるの？」

穂乃香さんは、そう言いながらも嬉《うれ》しそうに笑みを浮かべて、

「じゃあ、とりあえず台所の後片付けをやってもらおうかしら」

そう言って、自分はお社《やしろ》の中の掃除をするべく準備を始めた。

僕らは、朝食を済ませると、まず手分けして後片付けをした。

洗い物や食器拭《ふ》きは、僕も時折手伝ってはいるが、二人はいつも食べる専門なので、そんな仕事も新鮮なようだった。

「意外に大変なんだね」と逸美。

「グラスもピカピカになるまで洗いましょう。キュッキュキュキュッキュ～♪」

琴里ちゃんはなにをやっても無邪気に楽しんで作業している。

僕は、普段なかなか手をつけないようなレンジ回りなどの汚れを拭いていった。

穂乃香さんの日頃の大変さが二人に少しでも伝わればいいと僕はぼんやり思っていた。

台所が終わると、逸美は自分から境内の掃き掃除をすると言い出した。

「じゃあ、琴里はねぇ～。その間にみんなの部屋を掃除してあげる」

琴里ちゃんは、逸美に負けじとそう意気ごんだ。

僕は、どちらかといえば掃除するより汚す方が専門の琴里ちゃんが、どんな風に掃除するのか心配になって、一緒について行くことにした。

琴里ちゃんは逸美の部屋から掃除を始める。

「ここからやるの？」

「琴里の部屋はいつでもできるから、逸美ちゃんの部屋から先にやってあげようと思って」

本棚の上には、トロフィーやメダルがたくさん並んでいる。

「すごいなぁ、逸美、こんなに貰ったんだ」

「全部、逸美ちゃんが運動の記録を出して獲《と》ったヤツなんだ。これなんか、百メートルの単距離走で村の歴代記録を更新した時に貰ったトロフィー」

琴里ちゃんは、ランナーをかたどった白いトロフィーを掲げて、自慢げに僕に見せる。

「これ、陶器《とうき》でできてるんだって。逸美ちゃん、ここにあるトロフィーの中でいちばん大事にしてるんだ」

「扱いに気をつけろよ。陶器だったら、落としたら割れちゃうんだから」

「だいじょぶだよ。何回も掃除してあげてるけど一度も落としたことなんかないもん」

ブーーーーン。

そう言っている琴里ちゃんの足に、開けていた窓から蜂《はち》が入ってくる。

蜂は、やがてトロフィーで両手が塞《ふさ》がっている琴里ちゃんの足へと止まった。

「琴里ちゃん、危ないっ！　足に蜂がとまってる！」

「えっ、嘘《うそ》っ！　やだ、刺されちゃう！」

琴里ちゃんは、足をバタバタさせて蜂を追い払おうとするが、蜂は外には逃げ出そうとせずに琴里ちゃんに向かって飛んでくる。

「えいっ！」

琴里ちゃんは、逸美の白いトロフィーを振り回して、抵抗している。

と、その時……ガラガラガッチャン！

琴里ちゃんが大きく振り回したトロフィーの先が机《つくえ》の角にぶつかって、陶器のトロフィーのランナーの上半身部分が粉々に壊れてしまった。

「ああっ！」

琴里ちゃんが大声をあげる。それを聞いてなにかを感じたのか、外から逸美の声がする。

「なにぃ、今の音！　琴里、あたしの部屋でなんかやったね！」

「あわわわわっ！」

逸美が血相を変えて現れる。

「琴里、アンタなにやってんの！」

「ご、ごめんなさい……」

「ごめんですんだら警察いらないんだよ！」

逸美は、上半身が粉々になったトロフィーを大事そうに抱える。

「あたしが百メートルで新記録出すためにどれだけ頑張《がんば》ったか、アンタも知ってるよね」

逸美の目が潤《うる》み、涙が今にも零《こぼ》れ落ちそうだ。

「いや、もう割ってしまったものは仕方ないだろ」

見かねて僕が口を挟む。

「うるさいっ、部外者は黙ってて！　いい？　これは、あたしの血と汗と涙の結晶なんだよっ！　それをアンタはっ！　あたし、絶対、許さないからねっ！」

「……ごめんなさい。ごめんなさい。ごめんなさい」

琴里ちゃんは、涙でグショグショの顔になりながら、精一杯に謝っているが、逸美は全《まった》く許してくれる様子がない。

「ううっ、琴里なんかいなくなればいいんだぁ〜」

そう言って、琴里ちゃんが部屋から駆け出してゆく。

「あ、待って、琴里ちゃん！」

僕の声は琴里ちゃんには届かなかった。

「あんなに強く言わなくても……」

「だって……だって……」

逸美も、このトロフィーを余程大事にしていたのか、ボロボロと大粒の涙を流していた。

僕は、逸美をなんとかなだめると、琴里ちゃんを捜しに出かけた。

お社の裏あたりにでもいるかと思ったが、家の周りにはいなかったので、僕は琴里ちゃんが行きそうな場所をシラミ潰《つぶ》しに当たってみることにした。

「琴里ちゃん、どこに行っちゃったかなぁ」

初めに、一番行きそうな学園の校庭を見に行ったがいなかったので、その足で中野商店に向かった。

「いらっしゃ～い。あれ？　こんな時間に独りでくるなんて珍しいわね」

瑞恵が、商売人らしい愛想のよさで店の奥から出てきて対応してくれる。

「琴里ちゃん、見なかった？」

「見てないけど。いなくなっちゃったの？」

「うん。ちょっとしたことがあってね」

「なになに、どうしたのよ。いきなり迫っちゃったとか？　無理強《むりじ》いしたとか？」

瑞恵が目を輝かせて、迫ってくる。

いかん、この娘は噂話《うわさばなし》なんかにすぐ飛びついてくるんだった。

「掃除してた時に逸美の大事なものを壊しちゃって、泣いて飛び出して行っちゃったんだよ」

「ふ～ん、そっかぁ。琴里ちゃん、意外に繊細《せんさい》だからね」

「繊細かぁ。……もし姿を見かけたら、穂乃香さんに電話してもらえるかな」

「分かったわ」

僕は他所《よそ》を当たってみることにした。

木陰の道を歩いていると、涼しい風が首筋の汗を冷やしてくれる。歩きながら耳を澄ましてみるが、聞こえてくるのはさやさやと木の葉が風に揺れる音ばかりだ。

「琴里ちゃ〜ん」

…………。

呼びかけてみるが返事はなかった。ここにもいないみたいだな。

川辺に出てみる。

まさか、悲観して川に飛びこんだなんてことはないよな。

ドキドキしながら川をのぞきこんでみたが、その形跡はなかった。

川辺もぐるっと一周してみたが、琴里ちゃんがきた様子はなかった。

あと残すところは……。

一つだけ心当たりがあった。

琴里ちゃんが、僕がこの村にきてすぐに案内してくれた場所——それは、村外れにポツンと建《た》っている、電気も通っていない廃屋だった。

『ここはねぇ、お姉ちゃんにも逸美ちゃんにも内緒にしている琴里の秘密基地なんだ』

そう言って案内してくれたそこには、琴里ちゃんがどこかで拾ってきたオモチャや日用品などの「お宝」が、綺麗《きれい》に並べられていた。

ひび割れをガムテープで補強された水槽《すいそう》が窓際に置いてあって、シーモンキーを飼っているんだと自慢そうに話してくれた。

そうだ……あとは、あの廃屋だ！

僕は、琴里ちゃんが秘密基地だと言っていた廃屋へと向かった。

いないのかな？

いや、きっといる。他《ほか》にもう心当たりはないからいてもらわないと困る。

とにかく中に入ってみることにした。

「琴里ちゃん」

「…………」

琴里ちゃんはそこにいた——琴里ちゃんは、灯《あか》りのつかない部屋で、しょげて膝《ひざ》を抱えてうずくまっていた。

「いた……。よかった。捜したんだよ」

「……捜さなくてもよかったかも」

「どうして？」

「帰っても逸美ちゃんに合わす顔ないもん」

「ちゃんと謝ったらきっと許してくれるよ。半分は僕の責任でもあるんだし、一緒に逸美にもう一度、謝ってみようよ。逸美だって、きっと分かってくれるよ」

「だって、逸美ちゃん、いっぱい怒ってたよ」

「突然のことだったんで動転しちゃってただけだよ。大丈夫さ」

「だいじょぶ……。本当にだいじょぶかなぁ」

「決まってるだろっ。琴里ちゃんには僕がついてるんだ。逸美にどんなことを言われたって、僕が琴里ちゃんの味方してやるっ！」

「……ホント？」

「本当さ。約束するよ」

琴里ちゃんの顔から、だんだんと不安が取り払われてきているのが分かる。

「だったらその約束の印として、これをお兄ちゃんが琴里の指にはめてください」

琴里ちゃんはそう言って、オモチャの指輪を僕に手渡す。

「分かった。じゃあ、約束の印だ」

僕は、おもむろに琴里ちゃんの差し出した指にその指輪をはめてゆく。

「これでいい」

琴里ちゃんは、頬を染めて、恥ずかしそうにうっとりとした表情で僕を見つめた。

「……嬉しい」

「そんなオーバーだなぁ。逸美から守ってあげるってくらいで、そんな目をして……」

「違うの。お兄ちゃん、知ってる？」

琴里ちゃんは、オモチャの指輪をはめてあげた左手を僕の目の前でじっくりと見せる。

「この指は左手の薬指。お兄ちゃん、琴里を一生守ってくれるっていうことなんだね」

「えっ？」

「この指は、結婚する女の人が、男の人から指輪をはめてもらう場所だもんね」

「ごめん、その、僕は、ただ琴里ちゃんに差し出されるままに、な……」

もう既に自分の世界に入っている琴里ちゃんには、僕のその言葉は届いていないようだった。

「ねぇ、結婚式ごっこ、しよっ」

琴里ちゃんは、目をギュッとつぶって、僕に顔を近づけてくる。

キスを求めているその健気《けなげ》さに僕も応《こた》えてやりたかった。

僕は、ゆっくりと唇に唇を重ねた。

琴里ちゃんのドキドキという鼓動の高鳴りが唇を伝って僕にも感じられる。

そして、重ねた唇の先から、琴里ちゃんが必死にチロチロと舌先を出してなんとかしようとしているのを、僕の唇が感じ取る。

僕は少し唇を開くと、彼女の舌先を受け入れ、更に静かに僕の舌を這《は》わせてゆく。

そして、彼女の舌先と少しずつ絡めていった。

「あっ……！」

僕が抱いた彼女の小さな両肩が少し震えた。

琴里ちゃんの小さな舌先に自分の舌先を絡め、清浄な唾液《だえき》を吸い上げる。

「はむっ……、んっ……」

最初はその行為に驚いていた琴里ちゃんだったが、しだいに同じように僕の舌先を絡めこむようになっていた。

琴里ちゃんの白く綺麗な歯を舌先で開き、口内を舌で探る。

「んっ……、はううっ……」

溢《あふ》れ出た琴里ちゃんの唾液を舐め取ると、かすかに桃の味がした。

ここで桃のジュースでも飲んでいたのかな？

そう思いながら、ごくりと呑《の》みこんだ。

「お兄ちゃん……」

「琴里ちゃんの、とってもおいしいよ……」

「やだ、なんだかドキドキするよ」

「僕もだよ」

今度は更に琴里ちゃんの唇を求めてみた。

琴里ちゃんもそれに応えるように、求めてくる。

自分の胸の鼓動も激しさを増していく。

もうキスだけでは止まらなくなっていた。

それは琴里ちゃんも同じなようだった。

「お兄ちゃん、して……」

「琴里ちゃん、いいの？」

「うん、優しくしてね」

彼女は崩れるようにしゃがみこむと、虚《うつ》ろな表情で俯いた。

僕は彼女の想《おも》いに応えようと、彼女の背後へと回り、後ろから抱きしめた。

「お兄ちゃん……」

「琴里ちゃん」

彼女の背中を引き寄せ、僕に密着させると、首筋に唇を当てた。

「はぁン……」

僕はゆっくりと唇を首筋から鎖骨《さこつ》、そして肩の方へとポイントしてゆく。

「はぁう……」

そして、耳もとに唇を寄せて小さく囁《ささや》く。

「大丈夫だよ……」

彼女の両肩の紐《ひも》を落とし、後ろから回した両方の掌《てのひら》でブラジャーの上から小ぶりの膨らみを柔らかく愛撫《あいぶ》する。弧を描くように優しくゆっくりと、揉み上げてゆく。

「あっ、あン……」

白い肌がたちまち紅潮して薄桃色へと染まっていくのが見える。

「お兄ちゃん、琴里……」

琴里ちゃんも必死に自分でなにかできることを探しているようだ。

「スカートを持ち上げてて」

僕は、耳もとでそう囁く。

「うん、これでいいかな……」

震える手で、短いスカートを捲《まく》り上げて、ショーツを露《あら》わにさせている。

僕は背中のブラジャーのホックを外して、片方の掌で小さな乳房を掬うように包み上げ、もう片方の手は捲り上げたスカートの下のショーツの中へとゆっくりと滑りこませていく。

胸に当てた掌が乳房の先端を探り当てる。

僕は、小さく指の先でその先端をゆっくりとこね回していく。

「あっ、ああン……。うっウン……」

ショーツの中の指は、茂みの中を泳ぐうちに小さな突起の上を通り過ぎた。

「あっ！」

琴里ちゃんの身体が一瞬、感電したようにビクッと大きくしなった。

それに続いて突起の下の窪《くぼ》みからも、ジワジワと蜜《みつ》が茂みの方へと染み出してくる。

僕は、指にその蜜をよくなじませた。

そしてヌメリ気を帯びて滑りやすくなった指先を、再び小さな突起へと伸ばしてゆく。

「はぁっ……、あうっ……、んくっ！」

琴里ちゃんは、身を捻《ね》じるようにして、突起から僕の手を離そうとしている。

僕は、その反応を楽しみながら、指をぴったりと近づけ、突起の周辺を揉み上げるように撫《な》でまわしてゆく。

「はぁっ……、はぁうっ……、あぁン……」

突起がだんだんと膨張してゆくのが分かる。

もう片方の掌の中の乳首も、硬く少しだけ勃《ぼっ》起《き》し始めている。

僕はブラジャーをずり下げると、露わになった乳房に背後から顔を埋めた。

「あっ、はぁン……」

すぼめた唇で乳房を何度か愛撫した後、舌を出して先端の乳首をネットリと舐め上げた。

「いっ、いゃン……」

唇の先で乳首を甘《あま》噛《が》みしたまま、舌先を使って軽く前後に叩《たた》くように動かしていく。

「あっ……、やっ……、はぁっ……」

琴里ちゃんの吐息がどんどん速くなってきている。

ショーツの中の指は、窪みの中から溢れ出る愛液で、既にヌメヌメと濡《ぬ》れていた。

僕は指を探るように這わせて、窪みの膣口《ちつこう》の位置を確かめると、ゆっくりと中指をそこに侵入させた。

「あっあっン……、んっ……」

温かく濡れた琴里ちゃんの膣内の感触を探りながら、じわじわと指を奥に滑りこませる。

そして、膣口に第二関節まで入った中指を、少しずつ前後に動かしてみた。

「んうっ……、んくっ……、んぁっ……」

中指は滲《にじ》み出てくる愛液の海の中で、しだいに滑らかな動きができるようになってくる。

膣口が少し広がったように感じたので、中指に更に人差し指を増やした。

「あふっ……、ふうっ……」

膣の中の二本の指を互い違いに前後に動かしてみる。

「あっ……、ダメェ……、ャンンっ……」

琴里ちゃんの身体がビクビクと反応してくる。

更には、膣内で二本の指を泳がせたまま、親指で突起した部分からクリトリスを剥《む》き出しにさせ、回すように撫で上げてゆく。

「はぁン……、いャダ……、うっうっン……」

琴里ちゃんのかわいい喘《あえ》ぎ声を聞いているだけで、下腹部の僕自身は充分に勃起していた。

だいぶ柔らかくなってきたし、濡れ方も充分のような気がする。

そろそろいいかな。

「琴里ちゃん、入れてもいいかい……」

「……ぅん……」

そう、やっと声にして、頬を真っ赤にしながら小さく頷《うなず》いた。

僕は琴里ちゃんを仰向《あおむ》けに寝かせてショーツをずり下げると、充分に膨張したペニスを取り出し、小さく口を開いている秘所へとあてがった。

僕のペニスの先端に、ヌルリと琴里ちゃんの愛液が触れる。

僕は陰茎部に手を添えると、琴里ちゃんの茂みの中をしばしその先端で探索し、柔らかく窪んだ秘所を探り当てた。

小さく深呼吸すると、その秘所を少しずつ裂きながら、ゆっくりと挿入《そうにゅう》していった。

「あっ、いっ、いったぁ～い！」

ザクザクッとなにかを切り裂くような響きを先端に感じた。

中途半端なところで止めても苦しませるだけだと思い、一気に陰茎を根元まで沈めてい

く。

「あっ……、うっ……、うぐっ……」

「ごめんね、もうちょっと我慢して。もう少しで全部入るから」

「うんっ……いいよ。あっ……、んんっ……」

「くうっ、今、全部……入ったよ……」

「琴里の中、お兄ちゃんでいっぱいだよぉ～」

「痛くないっ？」

「さっき、押し広げられた時は痛かったけど、今は平気だよ」

「動いてもいい？」

「お兄ちゃんが、気持ちいいんだったら……ううっ、動いていいよ」

「じゃあ、ゆっくり動くからね。痛かったら言ってね」

僕は、ゆっくりと腰を上げて膣内の陰茎を浅い位置に戻し、再びまた深く挿入していく。

「ふぅう……、はぁう……、はぁぁ……」

僕は、琴里ちゃんの様子を窺《うかが》いながら、その律動を少しずつ速めていく。

「ふっ……、はっ……、んっ……」

しかし、僕が律動の途中で、陰茎がめいっぱい入った子宮の奥の壁まで当てようとすると、琴里ちゃんは無意識に肢《あし》に力を入れて腰をズラし、入らせないようにする。

「痛い？」

「ううん、こわいの。奥に当たると身体がビクンってなるからっ。それにちょっと痛い」

「そっか。じゃあ、あんまり奥はやめとこうか」

僕は、挿入のストロークを深くせずに、ゆっくり抜き出し、ゆっくり奥まで差し入れる。

「はぁっ……、はぁ……、はぁぁ……」

接合部はヌルヌルとした愛液と破瓜《はか》の血が合わさり、赤い輪を作っていた。

僕は律動を速めながら、腰を何度も突き出し続ける。

「うっ、ううっ……。はぁ、ああん……」

琴里ちゃんは痛そうな表情を見せながらも、しだいに吐息が漏れ出るようになっていた。

「はっ、あっ、あんっ……。ううんっ、くふぅ……」

「大丈夫、痛くない？」

「だいじょぶだよ、お兄ちゃん。……はううっ、んっ！」

膣内がなじんできたのか、動かせるスピードが上がり、それにつれて陰茎から伝わる快感も高まってくる。

「ふぅぅん……、はぁぅん……、ああっ……」

廃屋の静寂の中に、二人の荒い呼吸音と接合部から聞こえるクチャクチャという淫猥《いんわい》な音だけが響く。僕は更に抽挿《ちゅうそう》のスピードを上げていく。

「はぅん…はぁぁ、んんっ…んああっ…」

琴里ちゃんは固く瞼《まぶた》を閉じ、僕のシャツをギュッと握りしめている。

「はっ……、あっ……、あぁっ……」

その表情を見ていると、愛しさと共に射精したいという欲望が一緒にこみ上げてくる。

「あっ……、お兄ちゃん……、お兄ちゃんっ！」

「琴里ちゃん、そろそろイキそうだよ」

「きて……。琴里も……あン……、琴里もぉ……、あっ、あぁぁぁぁぁぁっ！」

「うっ、くうううっ！」

僕は、琴里ちゃんの中からペニスを引き抜くと、彼女の顔に向けて放出した。

「きゃうっ……」

先端から激しい勢いで放出された精液は、琴里ちゃんの鼻から頬にかけて命中した。

押し寄せる射精感と共に、何度も発射された精液の塊が琴里ちゃんを汚していく。

「はぁ、はぁ、はぁ……」

琴里ちゃんは額に汗を光らせ、肩を上下させながら呆然《ぼうぜん》としている。

「はぁ、ふぅぅ……。これが、お兄ちゃんのセーエキ？」

顔についた精液を拭い取ってしげしげと眺めている。

「なんだかヘンな感じ……」

お腹《なか》の上に飛び散った精液も不思議そうに指先で掻き回したり、こね回したりしている。

「ねぇ、お兄ちゃん……、琴里のアソコ、気持ちよかった？」

「うん、最高に気持ちよかったよ」

「そう。よかった……。琴里も、ちょっと痛かったけど、気持ちよかったかも」

僕は、何枚か重ねたティッシュで、琴里ちゃんの股間《こかん》を拭いていく。

白濁色の粘り気のある液体に、破瓜の血が滲んでティッシュが赤く染まっていた。

僕の汚液が飛び散った顔とお腹も綺麗に拭き取ってあげた。

「……二人だけの秘密だよ」

「約束だ」

僕は、琴里ちゃんの手をしっかりと握って家路についた。

辺りはもうすっかりと夜に包まれていた。


「ただいまぁ……」

琴里ちゃんの声が聞こえた途端に、逸美が家の奥から走り出てきた。

きっと帰りが遅かったので心配していたんだろう。

「ごめんね、さっきはついカッとなっちゃって。あたしも大人《おとな》げなかったと思ってるよ」

「トロフィー、本当に、本当に、ごめんなさい」

琴里ちゃんはそう言うと、ペコリと頭を下げる。

「もういいよ。じゃあ、仲直りだ」

琴里ちゃんと逸美が仲直りの握手を交わしていると、穂乃香さんが台所から声をかける。

「お風呂沸《わ》かしてあるから、入ったらいいわ。出てきたらみんなでご飯にしましょ」

「そうだね。琴里の顔を見たら、急にお腹が空《す》いてきちゃったよ」

琴里ちゃんのあとに僕もお風呂に入り、皆で夕食を食べた。

そして、昼間の疲れもあり、早々にそれぞれの部屋へと戻っていった。


しかし僕は、夜中になっても琴里ちゃんのことが気になって眠れなかった。

琴里ちゃんは、起きているのだろうか……。

気になって廊下《ろうか》まで出ると、それに気づいたのか琴里ちゃんも部屋から出てきた。

少しO脚に開いて歩く姿が痛々しい。

僕は、他の二人に気づかれないように小声で話しかけた。

「身体、大丈夫か？　もう痛くない？」

「ちょっと痛いけど、平気だよ。でも、アソコ、まだなにか入ってるみたいかも……」

琴里ちゃんも小声で返す。

「そっか……。なにかあったら、僕に言いなよ」

「うん。ありがと」

「じゃあ、また明日な」

僕は、琴里ちゃんが元気なのを確認したので部屋へ戻ろうとすると、琴里ちゃんは、僕を振り向かせざま、自分から顔を近づけてきて軽く唇に唇を重ねた。

「おやすみ、お兄ちゃん」

「おやすみ」

そして、僕らはまたそれぞれの部屋へと戻っていった。

しかし、勢いとはいえ、一番幼い琴里ちゃんとセックスにまで至ってしまったことには、少しわだかまりが残らないわけではなかった。

第三章　見かけで判断しないこと

その日も僕は、穂乃香さんの手伝いをして日中を過ごした。

「もう境内の掃除は終わっちゃいましたけど、他《ほか》になにかお手伝いできることありませんか」

僕が、お社《やしろ》の中にいる穂乃香さんに訊《き》きに行く。

「ありがとうございます。私《わたし》の方の仕事で手伝ってもらえるようなものは今日はもうありません。たまには気晴らしに散歩でもしてらっしゃってくださいよ」

穂乃香さんにそう言われたので、僕もその言葉に甘えて村をフラフラしてみることにする。もう学園も終わる頃《ころ》だから、琴里ちゃんでも迎えに行くとするか……。

学園の校庭には琴里ちゃんはいなかったので、その先の中野商店まで足を延ばした。

さては、あそこで買い食いでもしてるのかもしれないな……。


中野商店をのぞくと、「いらっしゃい」と奥から瑞恵が愛想よく出てきた。

「琴里ちゃんきてない？」

「今日はまだ見ないね」

「あれ？　この時間だと逸美もまだ帰ってこないけど、瑞恵は今日は学園休んだとか？」

僕は、逸美と同じクラスの瑞恵がもう下校しているのが気になって言った。

「逸美は部活だから毎日遅いんだよ。私は帰宅部だもん。……お兄さんはなにしてるの？」

僕はなにもすることがなくて、散歩しようとしたが、行きたい場所も分からないと話した。

「そっか。じゃあ、私とちょっとおしゃべりでもしよっか？」

瑞恵も暇を持て余していたらしく、店の奥に腰掛けて話をしだした。

「なにか、私に訊きたいことない？」

「そうだなぁ……」

思いを巡らせてみる。

……やはり、瑞恵には同級生として学園での逸美のことを聞いてみたい。

「逸美って、学園ではどんななんだ？」

「どんなってなにが知りたいの？」

「なにって言われると困るけど、僕の知らない逸美はどんな感じかなぁ～って」

「っていうと、男関係？」

瑞恵は妖《あや》しく目を輝かせて言う。

「いるのか？」

僕はなんだかすごく動揺して瑞恵に聞き返した。

「なわけないでしょ。瑞恵は男嫌いなの、お兄さんだって知ってるでしょ」

……なんだ、そうだよな。なぜだか少し安心した。

「でも、どうして男嫌いになったんだ？」

「教えて欲しい～？」

瑞恵がニンマリと笑みを浮かべて僕をのぞきこむ。

「なんだよっ！　教えて欲しいから聞いてるんじゃないか？」

「じゃあ、教えてあげましょう。……実は逸美はね、数年前に学園の同級生と相思相愛の仲になったことがあったんだ。逸美は恋人として付き合いたかったみたいだったんだけど、逸美がそれを口にした途端に、相手の男の子がどういうわけか逸美に対して冷たい態度をとるようになっちゃったのよ」

「どうして？」

「分からないわ。で、しばらくしたら男の子の親の転勤が急に決まって、男の子も親についていくことになった。でも、納得できなかった逸美は、引っ越す前に男の子を呼び出したらしいの」

「そしたらなんて？」

「理由もいっさい言わずに『君のことはもう好きになれない』って。でも男の子はその時涙声だったらしいけど。それを最後に男の子とは別れ別れになってしまい、傷ついた逸美は以来『もう男なんか信じられない』と、男嫌いになってしまったというわけよ」

「そんなことがあったのか……。そりゃ、逸美じゃなくても男嫌いになるわな」

なんだか逸美の捕らえ方が僕の中で少し変わったような気がした。

瑞恵との話もほどほどにして中野商店を出ると、ちょっと山の方に行ったあたりに緑色のネットが見える。僕はそこに向かって歩き始めていた。

……だいたい推測はついた。あれはバッティングセンターのネットだ！

バッティングセンターに入ってみると、この村にある全てのものが八十年代にあったような古さを感じるのに、ここだけは新宿にあるそれとそう変わらない感じだった。でもすぐに気づいた。おそらくバッティングセンター自体が、ここ二十年ぐらいほとんど進歩を遂げてないんだろう。

待合室の自動販売機の横には「ホームラン賞」「ヒット賞」と書かれたボードがあって、記録を出した人の名前が載っている。

レーンは八列あって、手前から八十、百、百二十キロが二列ずつ、奥の二列は百四十と百六十キロが一つずつ設置されていた。僕は無難に百二十キロを選んで、打ってみる。

久しぶりにやると百二十キロでもなかなか当たらない。

二ゲームやって二十球中、四、五球しか当たらないので、しばらく休憩していると、一番奥で打っている人が一球も外さず打ち返していることに気づいた。

百六十キロを一球も外さないなんて、どんな人なんだろうという興味で見に行ってみると、そこで打っていたのはなんと女性だった。

すごい女性がいるもんだと思ってしばらく見ていると、かなりしっかりした構えで、確実にボールにヒットさせている。その道の経験者としか思えないような身のこなしだ。

やがてそのゲームが終わって、その女性がそこから出てきた。

僕は更に驚いた。その女性は、なんと泰子先生だったのだ！

人は見かけによらないとはよく言ったものだ。

僕は、出てくる泰子先生に声もかけられずに、呆然《ぼうぜん》と見てしまった。

「あら、東京のエリートさん」

「どうも。……先日は……」

「先日？　歓迎会のこと？　ああ、どうも…」

泰子先生は、あの夜のことには触れずにカラッと言った。

行為の後、気にしないでと言っていたが、彼女自身も本当に気にしてないようだ。

僕もその話題には触れずに話を続ける。

「よくくるんですか？」

「うん。ムシャクシャしたりすると、たまにね」

「昔、野球とかやってたんですか？」

「学生の時、ソフトボールを少しね」

「そんな風には見えないですよね」

「じゃあ、どんな風に見える？」

僕は即座に答えられなかった。

「あんまり、人を見かけで判断しない方がいいわよ。意外な人が、意外な性格だったり、意外なことできたり、意外な正体だったりするんだから……」

さっき瑞恵から聞いた逸美のことも重ね合わせて、その言葉を胸に入れた。

やっぱり、同じ東京という大都会を経験した人間だから、先生の相手に対しての適度な距離の取り方が、僕には三姉妹や瑞恵よりも、心地よく感じられたりするのだった。

それから、泰子先生と何ゲームか対決したが、結果は僕の全敗だった。

そして、泰子先生はまだまだやり足りないと言っていたが、僕は運動不足のせいかヘトヘトになってしまったので先にバッティングセンターを出ることにした。

まさかこんな場所で、泰子先生のあんな運動神経の良さを知るなんてビックリだった。

歓迎会の夜、先生の柔らかな手でペニスをシゴかれたことを思い返してしまった。

それと「人を見かけで判断してはいけない」という言葉が頭で回っていた。


なんだか逸美の見方が変わってくると、急に逸美が部活でどんなことをしているか、キャプテンとしてどんな風に振る舞っているのか知りたくなったので、夕食にはまだ早い時間だったから僕は学園へと寄ってみることにした。

もう教室の方は電気がおちているが、体育館にはまだ電気がついているようだ。

僕は、見つからないように、体育館の裏手の方から練習風景をのぞいてみることにした。

そして、少し高くなった窓がわずかに開いてるのに気づき、そこから中をのぞきこんだ。

「んっ！」

その先は、な、なんと更衣室だった。

部員の女子学生たちが着替えている。

もう、部活は終わった後のようだ。

こんなところをのぞいているのがバレたら大変だ。

でも……周囲を窺《うかが》って外には誰《だれ》もいないのを確認すると、僕は更に顔を突っこんだ。

部員の一人が着替えながら逸美に話しかけている。

「……キャプテンのところに、きているじゃないですか？」

「ああ、東京のヤツ？」

逸美も着替えながら答える。

「こないだ、道で見かけたんですけど、なんか、いい感じっていうか、爽《さわ》やかそうだし、カッコイイかなぁなんて思っちゃったんですけど、どうですか？」

「アイツのどこが？　朝はなかなか起きてこないし、パンツ一枚で歩き回るわ、ヒトの部屋に勝手に入ってくるわ……。なんかこの村を有り難がって誉《ほ》めたりして東京風吹かせてさ、あんまりいい感じでもないよ」

「東京の人って冷たい感じしますよね〜」ともう一人の部員。

「そうよね、やっぱり東京の人は平気でウソついたり、なんでもお金で解決しようとしたりするんだよね。こわぁ〜」と先程の部員も同調してそう言う。

「いやいや、でも、アイツはそんなことはないんだけどね。妹ともよく遊んでくれるし、お姉ちゃんにも気を遣《つか》ってるみたいだしね。……ま、どっちかっていうと、優しいところもあるのかもしれないなぁ」

逸美がそう奇妙なフォローをする。

二人の部員は、顔を見合わせて含み笑いをしている。

「いや、まぁ、そういうことで迷惑してるっていう話だよ。はははははっ！」

逸美もそれに気づいてテレていた。

のぞいていた僕もなんだかテレてしまった。


逸美たちに気づかれないようにして、学園の校舎の表へと回って逸美を待った。

僕は、盗み聞きした逸美たちの会話を、複雑な気持ちで思い返していた。

どうやら逸美は僕にそんなに悪い印象は持っていないようなので、ホッとしていた。

すると、逸美がやってきた。

ずっとこの場所で待ち続けていたかのように、逸美に声をかける。

「おつかれっ！」

「なによ。こんなとこまでこないでよ」と逸美はいつもの調子だ。

「どんなことやってるのかなと思ってな。本当は練習風景も見たかったんだけど、やめといた」

「当たり前でしょ。部外者なんかに見せないわよ」

そう言いながら、逸美は早足で歩く。

「なんで、そんなに急いでるんだ。一緒に帰ろうぜ」

「嫌よ。恥ずかしい……。あたし、先に帰るからね」

逸美はそう言って、僕を置いて先に走って帰ってしまう。

逸美のそういう行為が強がりとテレなんだということを、僕も少しずつだけど、分かるようになってきた。僕は、さっきの逸美と部員たちとの会話を反芻《はんすう》しながら、ちょっぴり嬉《うれ》しくなって家路についた。


その夜。食事が終わって、ふらふらと中庭から外を見上げると満天の星空が見えた。

「星が綺麗《きれい》だから見に行こうぜ」

僕はそう琴里ちゃんと逸美に言ってみた。

すると、いつもなら絶対ついてくる琴里ちゃんが、

第三章　見かけで判断しないこと

「琴里、さっき買ってきた『週刊リボソ』読むから、行かない」

そう言って、自分の部屋へと行ってしまった。

しかし、予想もしていなかった逸美が唐突に言った。

「あたし、行こっかな」

意外な答えに驚いたが、僕は何事もないように冷静を装って言った。

「おっけー、いいよ。じゃ行こう」

僕と逸美は、村の中心部からは逆の、明かりがないような場所まで歩いて行った。

そして、比較的平らな原っぱを見つけたので、そこに二人で腰掛けた。

空は満天の星空だ。

雲ひとつない。

「……東京には空がない、か」

「なによ、それ？」

「そんな風に言った詩人がいる。でも、本当だよ。東京

ではこんな空は見えないからね」

「そうなんだ。東京か……」

「空はない。季節はない。人情はない。愛もない。そんな街だよ、東京は……」

「でも、それは実際生活してみた人だから言える台詞《せりふ》だよ。あたしにはそんなこと言われたって全然ピンとこない」

「そんなことはないさ。逸美は、空も季節も人情も、ここにいてよく知ってるじゃないか」

「『愛』は……」

「逸美、今まで恋人は……」

そこまで言って、瑞恵に聞いた数年前の恋愛のことを口にしようかどうか迷ったが、敢《あ》えて知らない振りをすることにした。

「できたことない。一度、ちょっといろいろあってから、男なんか信じられなくなった」

「いろいろってなに、って訊いた方がいいのか？」

逸美の口から聞いてみたい好奇心も働いて、そんな風に言ってしまった。

「訊いたって答えないよ」

「じゃあ、訊かない」

「いくじなし」

「それは、いいがかりだ」

「あたしから距離を置こうとしてる……」

「そんなことはない」

「分かってる。それで、あたしが言葉を荒らげないような当たり障りのない会話をしようとしてるんでしょ」

「そんなつもりもない」

「そんなこと言ったって、男はみんなそう」

「みんなは知らんが、僕は違う」

「じゃあ、証拠見せて」

「どうしたら、いいんだ？」

「ほぅら、やっぱり、いくじなしなんだ」

僕は、そう言って淋《さみ》しそうに俯《うつむ》く逸美のアゴを、人差し指で掬《すく》って上を向かせると、驚いてほんの少し開いた唇を、僕の唇で塞《ふさ》いだ。

「んっ！」

「決めつけはよくない。そして、強がりもよくない」

「……んんっ……」

逸美の静かな吐息が漏れる。

逸美も自分からは離れようとせず、むしろそのまま受け入れようとしている。

唇が離れると逸美が言う。

「あたしだって……、あたしだって、素直になりたいよ」

その言葉は、少しだけ涙声にかすれていた。

「…………」

僕は、黙って逸美の後頭部を手で支えると、そっと抱き寄せ、再び唇を重ねてゆく。

逸美の気持ちが痛いほどよく分かった。

どこかで、見栄とプライドと強がりだけだった学生時代の自分の姿を、逸美を通して見たような気がしていた。

僕は、ゆっくりと唇から舌をのぞかせると、逸美の唇の先を静かにノックした。

すると逸美は唇を少しずつ開いてゆき、僕のその舌先を必死に導き入れようとしていた。

逸美の少し汗ばんだ身体《からだ》は、緊張で震えていた。

僕は、舌先を逸美の導きどおりに、逸美の唇の中へと滑りこませてゆく。

逸美もそれに応《こた》えて、僕の舌に自分の舌を絡めてくる。

ぎこちないが懸命なのは、はっきりと伝わる。

逸美の唾液《だえき》が唇の先から零《こぼ》れ落ちる。

僕は、その唾液を唇をすぼめて、すすり上げる。

逸美の唾液は、かすかに桃の味がした。

「……ゃん」

逸美は、恥ずかしそうに俯く。

僕は、人差し指でアゴを支えて下を向かせない。

「……ぁぁン」

逸美の舌も……最初はビクビクとぎこちない動きをしていたが、互いに絡め合ううちに、しだいに自分から積極的に動かすようになってきた。

「……っん」

逸美の喉《のど》が、僕の唾液を飲みこんでゴクリと音を立てる。

逸美は、急に力が抜けたようにその場に崩れてゆく。

僕は逸美の背後に回り、逸美を抱えあげて身体を密着させる。

後ろから両腕を回して、服の上から逸美の胸に触れる。

「はぁぁン……、うぅぅン……」

服の上からでも、僕の手が胸の上にくる度に、身体がビクンビクンと波打つ。

僕は、タンクトップの下から両手を差し入れ、ブラジャーを上にずらして、露《あら》わになった胸の膨らみへと手を伸ばす。

「はぁぁン……だめぇぇ……」

言葉では拒否するが、身体は震えながらもなんとか受け入れようとしている。

僕は、逸美の耳から首筋へと唇の先で撫《な》でながら這《は》わせてゆく。

「うっぅウン……」

そして、振り向いた逸美の唇に再び口づける。

舌を絡め合ったまま、両方の掌《てのひら》で逸美の膨らみを包みこみ、柔らかく揉《も》みしだいてゆく。

外側からだんだんと先端近くへと、弧を描くように愛撫《あいぶ》してゆく。

「はぁぅぅぅ……」

逸美の乳首がしだいに隆起してきているのが分かる。

僕は、両方の隆起してきている乳首を人差し指と親指で軽く挟み、擦るように転がし始めた。

「あっ……、うっ……、あっっン」

逸美の吐息がだんだん高鳴ってきている。

「ここ、こんなに硬く大きくなってきた」

僕は、摘《つま》むように——そして力を加えて少し潰《つぶ》すように押したりしながら、乳首を刺激していった。

「んんっ……、やっ……、いゃぁ……」

更には片方の手を下腹部の方へと回すと、ズボンを下げてパンティの上から局部に触れてみる。パンティの上からでも、もう充分に濡《ぬ》れているのが分かる。

「もう、濡れてるよ……」

「いゃ……ゃん……」

僕は、パンティの間から中指を滑りこませて、逸美の茂みに直接触れてみる。

茂みは、愛液でもうビショビショだ。

僕は、その指に愛液を絡めると、一度手を抜いて逸美の目の前に差し出す。

「ほら、こんなに…」

逸美の愛液に濡れた僕の指が、露色《つゆいろ》に光っている。

「やぁっ……」

逸美はイヤイヤと見ないように首を振る。

それでも僕は、その指をどかそうとしない。

恥ずかしそうに頬《ほお》を染めた逸美は、見えないようにするためか、愛液で濡れた中指を、口の中に含んでいった。

そして、その指を舌で包みこむように転がしてゆく。

逸美の唇の端から、愛液と交じり合った唾液がタラリと滴《したた》り落ちる。

僕は、逸美に咥《くわ》えられた指はそのままに、もう片方の手の中指を一度自らの口でたっぷりと唾液で濡らしてから、再びパンティの中へ這わせてゆく。

中指は、茂みの中を分け入り、蜜《みつ》の溢《あふ》れ出す膣口《ちつこう》を探り当てる。

そこで中指を突き立て、ゆっくりと挿入《そうにゅう》してゆく。

「あっ……いたぃ……」

逸美の身体が、少し仰《の》け反《ぞ》る。

僕は、後ろからしっかりと逸美の身体を押さえて離さない。

中指に膣の中の愛液がたっぷりとまとわりつく。

更に中まで押し入れる。

そして、ある程度のところで指をカギ状に曲げてみる。

「あっ！」

逸美の身体が、大きくビクンと揺れる。

それとともに噴き出すように愛液が滲《にじ》み出てくる。

僕は、中指を逸美の膣の中で奥に押したり手前に引いたりして前後させた。

「あっ……あっ……あっ……」

その動きに合わせるかのように、逸美の吐息が漏れる。

膣口からは、それとともに、クチュクチュクチュと愛液がいやらしく音を立てている。

僕のペニスも、逸美の反応にしだいに興奮してきて、膨張している。

僕は上体を下げて、膨張した膨らみが逸美のパンティのあたりに感じられるようにした。

「ほら、僕ももうこんなになってる」

僕は、ペニスの膨らみを擦《こす》りつけながら言う。

「やん……」

そう言いながらも、いつしか逸美の手は、僕の股間《こかん》をズボンの上からさすっている。

「おっきい……」

僕は、そう言って頬を染める逸美の唇を、再び唇で塞いだ。

そして、すっかり力が抜けた逸美の身体を仰向《あおむ》けに横たえると、足元にまとわりついていたズボンを剥《は》ぎ取った。

それから、逸美の腰の後ろに手を回してお腹《なか》を引き上げ、下腹部を剥《む》き出しにさせると、充分に膨張したペニスを出して、膣口にあてがった。

膣口の周りに溢れ出る愛液でペニスをなじませていると、逸美の腰が独りでに動いて、ペニスを迎え入れようとしてくる。

僕は、その迎え入れに応えるように、膣口にペニスの先端部分を添えると逸美の股《また》をしっかりと抱えこみ、ゆっくりとその中へ挿入してゆく。

「うっっっ！」

「逸美の中に、少しずつ入ってるよ」

「ヤン……！　あっ、ぁぁぁぁぁン」

押し返されるような抵抗を、ペニスの先端に感じる。

「奥まで入れるからね」

「やっ……、ダメェ……」

それでも、僕は、たまらずペニスを奥まで突き入れる。

逸美の膣の中は驚くほど狭く、突く度にピリピリとなにかが裂けるような感じがした。

逸美の瞳《ひとみ》が潤《うる》んでいる。

「大丈夫か？」

「ねぇ、入った？　全部？」

「入ったよ、奥まで」

「ゃん……、逸美の中、もうダメェ……」

「動いてもいい？」

「優しく、してくれる？」

「もちろんだよ」

僕は、奥深くに入っていたペニスを引き抜いて浅い位置に戻すと、再び深く突き入れる。

「うっ！　ンぃっ……ゃん……」

逸美は、僕が繰り出す動きに必死に耐えている。

「もっと動くからね」

逸美は、コクリと頷《うなず》いた。

僕は、ゆっくりと律動し始める。

「あぁン……うっン……あぁぁン……」

逸美は、口をわずかに開いたままで、頬を紅潮させて喘《あえ》いでいる。

逸美の手はその不安を表すかのように、後ろ手に地面の草をしっかりと握りしめている。

僕は、しだいに腰の動きを速めてゆく。

クチュクチュクチュ……と、狭い膣の中を僕のペニスが擦れていく音が響いている。

「うっ…やっ…あっ…」

逸美の喘ぎ声も速くなる。

突き入れる度に、プルプルと胸も揺れている。

乳首が先程よりも大きく勃起《ぼっき》しているのが見てとれる。

僕のペニスも限界が近づきつつある。

僕は、さらに激しく腰を突き入れてゆく。

「もう少しだから…」

「んっ……あっ…あっ…あっ……」

「あっ、イキそう、だ…」

「あっ、も、あたし、ダメェ、うっ……」

逸美の膣の中が急速にすぼまってゆく。

「あっ、あっ、あぁぁぁぁぁぁぁぁぁ！」

逸美の中の、僕のペニスはすごい勢いで圧迫されてゆく。

「あっ、イクっ！　あっぁぁぁぁぁぁ！」

僕は、放出する寸前に膣からペニスを抜き出した。

ペニスは、抜き出された瞬間に弾《はじ》け、逸美の胸近くまで白濁液を吐き出した。

「ひゃうっ……はぁぁぁ……」

「くっ、くううっ」

何度も何度もペニスが弾け、その度におびただしい量の精液が逸美の上に降り注ぐ。

「はうっ……んはぁ……」

逸美は、しばらく虚《うつ》ろな目をして放心状態のような感じになっていた。

僕は、優しく逸美の身体を起こしてあげると、逸美の肌を白く汚した液体を拭《ふ》いていく。

逸美は、虚ろな目のまま、指で自分のお腹の上の精液に触れた。

そして、その指にペットリとついた精液を、指を開いて伸ばしてみる。

「これが……。……ぬちゃ、にちゃ……って音がしてた」

「さっき、中ではクチュって音がしてたよ」

僕は耳もとでそう囁《ささや》く。

「いゃ……言わないで」

逸美は僕の口を掌で塞ぐ。

僕は、持っていたポケットティッシュを全部使って、逸美のお腹はもちろん、指についた精液も一本一本、拭きとってあげた。

膣の周りを拭いたティッシュには、ほんのりと血が滲んでいた。

「……あたし……」

「なんだ……」

「分かんない…」

「なにが……」

逸美の虚ろな目が、だんだん冷静な目に変わってくる。

「どうしてこうなったのか…」

「う～ん……」

「でも、ハプニングじゃないかって思う」

「へっ？」逸美の意外な発言に僕は驚いた。

「そうだ、これはハプニングなんだわ！」

「おい」

「なにかの間違いよ！」

「あのな……」

「なによ。一回ヤッたぐらいで、なれなれしくしないでよ」

「えっ……」

「あたし、まだアンタのこと認めたわけじゃないんだから!」

逸美は、ズボンを穿いて立ちあがると、独りで駆けて行ってしまった。

素直になるのは、難しい……。

しかし、かつての自分のことを振り返ると、別にセックスのことじゃなくても、もっとプライドが高くて、もっと傷つくのが怖《こわ》くて、もっと素直じゃなかったような気がした。

しかも逸美には一度、信じた男に裏切られた過去もある。

そう考えると、なんとなく逸美の気持ちも分かるような気がした。

僕が家に帰ると、逸美はもう自分の部屋に入った後だった。


翌朝、逸美はいつもと同じように制服姿で時間ギリギリに一階へと駆け下りてきた。

「おはようっ!」

まだパジャマ姿の僕と目が合うと、逸美は僕にそう挨拶《あいさつ》した。

「……昨日の、痛くないか?」

僕が逸美を気遣うように小声で言うと、

「そりゃ少しは違和感あるけど、大丈夫だよ。心配してくれてありがとう」

そう小さく答えて少し笑った。その顔は明らかにそれまでとは違った明るい顔だった。

第四章　祭りの準備

天衣家の神社――つまり天衣神社で年に一度行われる秋祭りが一週間後に近づいていた。

穂乃香さんは、ここ数日いつにも増してバタバタと忙しく働いていた。

巫女《みこ》として、祭りで販売するものの準備や社内の隅々《すみずみ》の掃除に追われているようだった。

僕は、分からないながらもなにか手伝いたいと申し出たが、僕ができるのはせいぜいお祭りで売るお札や扇《おうぎ》やおみくじを機械的に作ることぐらいで、穂乃香さんの忙しさをたいして和《やわ》らげてあげることもできなかった。

僕は、それでも精一杯できる限りのことをして手伝った。

「僕の方、終わりましたから、そちらでなにかお手伝いできることがありましたら…」

社《やしろ》の出口付近に座って穂乃香さんに言う。

「ありがとうございます。じゃあ、私《わたし》もひと息入れようかしら」

穂乃香さんも作業から手を離し、僕のそばに寄ってきてその隣に座る。

「朝からずぅっとですから、疲れたんじゃないですか」

ふうっと長い息を吐いた穂乃香さんに僕がそう問いかける。

「少し。でも、私が疲れたなんて弱音を言っても誰《だれ》も代わってくれる人はいませんからね」

「穂乃香さん……」

穂乃香さんの明るく振舞う気丈さが少し気の毒になった。

「でも、なんだか安心します。こうやって、そばに男の人がいてくれると、こんなにも安心するものだなんて、今まで気づきませんでした」

穂乃香さんは頬《ほお》を染めてそんな風に言うと、恥ずかしそうに俯《うつむ》いた。

「そんなぁ、僕はなにもしてませんよ」

「あの……。少し、背中貸してもらってもいいですか？」

穂乃香さんは、ゆっくりと静かな調子で言葉を選ぶようにそう言った。

僕は穂乃香さんが、少しは僕のことをアテにしてくれているのかと思うと嬉《うれ》しかった。

「背中？　ええ、もちろん。背中じゃなくても、肩でも構いませんよ」

「ありがとう。ごめんなさい。では、少しだけ……」

そう言って穂乃香さんは、僕の肩にもたれかかった。

しかし「少しだけ」という言葉とは裏腹に、穂乃香さんは崩れるように肩の中に埋もれ、目を閉じた。

「あ～あ、なんだかホッとします。こうやって人の温もりを感じるなんて、本当にどのくらいぶりかしら。とってもいい気分です……」

僕は、いつも二人の妹に頼られている穂乃香さんも、時には誰かに頼りたいこともある──そんな女性的な一面を垣間見たような気がした。

「穂乃香さん？」

しばらくの沈黙の後、穂乃香さんをのぞきこむと、穂乃香さんは小さなかわいい寝息を立てて、眠っていた。

おそらく安心したら、一気に眠くなったんだろう。

僕はしばらくそのままの姿勢で、穂乃香さんの寝顔を見ていることにした。

…………。

どのくらい時間が経《た》っただろうか——穂乃香さんがふっと目覚めた。

「あっ、私、眠っちゃいました？　すみません」

「いいえ。いいんですよ。僕の肩なんかでよかったらいつでも使ってください」

「ごめんなさい。私、こんな風になっちゃうことなんてないんですけど。どうしよう」

「そんな気にしないで下さいよ。僕もここにくる時、日射病で倒れてたのを介抱してもらったんですから、お互いさまです」

「あははは。そうでしたね。あの時は本当にビックリしました」

穂乃香さんが明るさを取り戻してそう言った。

そして、また穂乃香さんは一人、お社の中へ準備をするために戻っていった。

祭りを前にしてバタバタし始めたのは、なにも穂乃香さんだけではなかった。

秋祭りでは毎年、三姉妹がこの神社を護《まも》る神楽女《かぐらめ》となって、天衣神社に代々伝わる「天衣神楽」という舞を、千早姿でみんなの前で披露するのが習わしとなっていた。

逸美や琴里ちゃんも学校から帰ると、自室に閉じこもって練習をしているようだった。

二人はおろか穂乃香さんまでも、なにかにつけて「今年の舞は……」という話を持ち出すので、その不安な心持ちは充分に窺《うかが》えたが、それに限っては僕ではどうしてあげることもできないのが歯がゆかった。

そんな時は、三人の邪魔にならないように、僕は外に散歩に出るより他《ほか》はなかった。

散歩といっても、行くところは限られている。

近くに見つけたゲームセンターで遊んだり、バッティングセンターで適度に身体《からだ》を動かして満足すると、結局は中野商店に顔を出して、瑞恵とくだらない話に花を咲かせた。

その日も中野商店をのぞいてみると、いつもすぐに奥から愛想よく出てくるはずの瑞恵がどういうわけか出てこなかった。

「すいませ〜ん」

……………。

「くださいな〜」

しばらく待っても瑞恵が現れないので帰ろかと思ったが、よく耳を澄ますと二階からなにやら小さな振動音が聞こえてくる。

僕は不思議に思って、そっと二階への階段を上っていった。

そこで目にしたものは、目を閉じて股間《こかん》になにかをあてがって喘《あえ》いでいる瑞恵の姿だった。

「あっ！　あン……、んっ……、あっ……」

ウィ～ンという振動音のようなものが響いている。

僕は、気づかれないように瑞恵の真向かいに回って様子を窺う。

瑞恵は、パンティを下ろして局部を露《あら》わにさせ、うっとりと恍惚《こうこつ》の表情で異物を膣口《ちつこう》に押し当てている。

ウィ～ンという振動音に、ジュルジュルジュルという濡《ぬ》れた音も時折混じっている。

異物の振動が、瑞恵の膣内の愛液を飛ばしている音のようだ。

「んっ……、んくっ……、あぁ……」

瑞恵は、一向に僕に気づく様子もなく異物を出し入れしだした。

……異物の全体像が見える。

ピンクローターだ。

瑞恵は、手もとのスイッチで刺激具合を調節しながら、ローターを膣内に出し入れして、オナニーをしているのだった。

僕は、なにも声をかけずに息を殺して状況を見守る。

「あうっ……、いぃ……、あン……」

瑞恵は膣内の出し入れをやめると、ローターを取り出して花唇の周り全体に這《は》わせる。

すると、瑞恵の膣口から唾液《だえき》でも垂《た》れるように愛液が溢《あふ》れ出て、下に敷いた座布団《ざぶとん》に沁《し》みてゆく。

「あぁぁぁぁぁン」

しかし、瑞恵はそんなことにまったく気づかずに快楽の世界に浸《ひた》りながら、ローターを自在に移動させ、茂みのその上のクリトリス部分へと押し当てていく。

「あっ！　はぁン……き、気持ちいいっ……」

思わず瑞恵の唇から言葉が漏れる。

「あっ、も、ダメぇ……。あ、イきそう……。やっ、あン。あっ、あ、イクぅぅぅ！」

瑞恵は、目を閉じたまま身体をビクビクと痙攣《けいれん》させて果てた……らしい。

荒い呼吸をしながら、うっすらと目を開けた瑞恵に、僕はしたり顔で話しかける。

「気持ちよかったかい？」

瑞恵は、急に目の前に現れた僕の姿に慌てふためいた。

「ど、ど、どうして、お兄さん、ここにいるのよ」

「さっきから何度も下で呼んでたんだけど、なんの反応もないし、二階でなにやら音がするから上ってきてみたんだよ」

「も、もしかして、ずっと見てた？」

「ああ、出し入れするとこからずっと見てた」

「……そんなの反則だよ」

「呼んでも応《こた》えないほど熱中してるのが悪いんだろ」

「やっぱり、逸美とかに話すんだよね？」

瑞恵は、困った顔をする。

「……さぁ、それはどうかな」

「ねぇ、お兄さん、取り引きしようよ」

「なんの？」

「これ、お兄さんにあげるから、ここで見たことは全て内緒にしてくれない？」

僕は、初めから自慰のことなどあまり公言するつもりもなかったし、ローターにもかなり興味があったので頷《うなず》いた。

「いいよ。約束しよう」

瑞恵は、箱に入った新しいピンクローターを僕に手渡した。

「じゃ、一つだけ、効果的な使い方も教えてあげる」

「なんだ？」

「これを使って、更に気持ちよくする方法は、ローターの本体部分を持たないの」

「じゃあ、どこ持つんだよ」

「スイッチから繋《つな》がる線の部分を持つの。……この状態でお豆の部分に当ててると、ローターの振動が邪魔をして撥《は》ね返っちゃうの。それがどこに触れるか分からない動きがまた興奮するんだから」

「へぇ～。経験者は語る、だな」

「やめてよ。じゃあ、約束だからね」

「他にはなにか面白いのはないのかい？」

僕は、ピンクローターを受け取りながら、そうハッパをかけてみた。

「あとは、これ。クスコっていうんだけど、婦人科のお医者さんがアソコを診《み》る時に使うものなんだって」

クスコは、三角錐《さんかくすい》に持ち手がついているような形状で、その先端がレバー一つで広げられ、膣内が観察できるようになっているらしい。僕は瑞恵からそのクスコも譲り受けた。

だけど、こんな道具はどんなタイミングで使ったらいいんだろうか……。

僕は、一方ではそんな風に思いながらも、もらった二つの性具をしっかり持って帰った。


家に帰ると、逸美と琴里ちゃんがなにやら仕度をしている。

「どうしたの？」

「今日は、逸美ちゃんのクラスのお友達《ともだち》が、瑞恵ちゃん家《ち》に集まって、みんなでパジャマパーティするの。琴里もそこに入れてもらうんだぁ」

琴里ちゃんは嬉しそうに答える。

「いいなあ。参加資格は？」

「ううん、別に誰でもいいんだよ。琴里、学年違うけどＯＫだもん」

「じゃあ、僕も行こっかなぁ～」

僕はふざけて言ってみる。

「琴里的には大歓迎だけど……」

「ダメ。いいわけないだろ。女の子しかダ～メ」

マジソンバッグに荷物を詰め終わった逸美が言う。

「そっか。じゃあ、しょうがないな。気をつけて行ってこいよ」

「は～い！　んじゃ、お別れの……」

べたべたべた……すりすりすり……。

琴里ちゃんはいつもの抱擁《ほうよう》を僕に求める。

「行ってきま～す」

そう言って、二人は出かけて行った。

二人が出て行くと、家は、僕と穂乃香さんの二人きりになってしまった。

「行っちゃいましたね」

「賑《にぎ》やかな二人が、ね」

穂乃香さんは頬を染めながらそう言った。

………。

僕は、なんだか妙に意識してしまい言葉が出ない。

沈黙がしばらく続いた。

「静かですね」

僕は思いつくままにそう言ってみる。

「ですね……」

穂乃香さんも答えに困っているのか、それだけしか答えない。

「ねぇ……」

……そんな風に口を開いたものの続く言葉が出ない。

なんだか胸が高鳴って、ドキドキしてくる。

穂乃香さんはどうなんだろ。

穂乃香さんは、頬を染めたまま俯いて僕の顔をまともに見てくれない。

「あの……」

僕は、なにを言うかも決めずにとりあえず口を開く。

すると……。

「あ、あの、私……まだちょっと早いけど、お風呂《ふろ》に入って、もう寝ようかと思います」

穂乃香さんは、沈黙に耐えかねるかのようにそう切り出すと、お風呂場の方へ向かった。

…………………。

僕は、しばらく一人で考えてみた。

考えたら、僕と穂乃香さんは、あんまり密に話をしたことがないような気がする。

昼間の仕事の手伝いの時は、その仕事関連の話題しかしないし、夕食の仕度を手伝う時は、夕食の作り方の話しかしていない。

……どうしてだろう？

だから、僕も穂乃香さんもヘンにヨソヨソしいのだろうか。

穂乃香さんがもっと個人的に思っていること、願っていることなんかも聞いてみたいし、話してみたい。

僕は、そんな風に考えると、既に足が穂乃香さんの部屋へと向かっていた。

さっき足音がしたから、もうお風呂からは戻っているはず……。

僕は部屋の外から声をかける。

「あの、いいですか」

『なんですか？』

「なんていうか、その、いつも話してない、素顔の穂乃香さんの部分っていうか、そういうのを話してみたいなぁ～なんて、思うんですが、もしよかったら、話せないですか……」

僕は勇気を出して正直に思うところを口にしてみる。

『……いいですよ。では、どうぞ入ってください』

扉が開く。お風呂からあがったばかりの穂乃香さんが部屋に招いてくれる。

まだ火照《ほて》った身体からは湯気が上がって、ほんのりと桃の香りがする。

……ボディソープ、桃の香りだったかな？

僕は、既に敷かれた布団の前に座布団を出してもらい、そこに腰掛ける。

「さっきは……すみません」

穂乃香さんは、沈黙に席を立ったことに対してそう謝った。

「いや、こちらこそ……なんか、沈黙で……」

「あがっちゃいますよね」

「ええ」

「でも、お風呂に入っていっぱい汗かいて、そうしたらなんかスッキリして、気分もちょっと落ち着いてきました……」

「そうですか。それはよかった」

「なんだかお話もじっくり聞けそうです」

穂乃香さんは、頬を染めてそう言った。

「まあ、でも、別にこれといって話すことがあるわけじゃないんですけどね」

「いいんです。それで……」

「そうですか……」

「そばにいてくれるだけでいいんです」

穂乃香さんは、僕の隣に座って、肩にもたれかかる。

「また少しこうさせてもらえますか。こうしていると、すごく安らかな気分になるんです」

僕の肩に寄りかかった穂乃香さんの身体がすべって、僕の胸に埋まる。

「あっ……」

穂乃香さんは慌てて体勢を整えようとする。

「いいですよ。このままでも……」

「ありがとうございます」

僕は、髪に手を回して、そっと包むように抱き寄せる。

シャンプーの香りが心地よく鼻先に漂う。

「私、疲れちゃったのかなぁ……。祖父が亡くなってから、私が頑張《がんば》らなきゃという思いだけで、ずっとここまで走ってきました。妹たちが無邪気に遊んでる時も、どこか私は客観的になっちゃって、無邪気になんかなることできなかった。それが当たり前なんだと思ってた。そうしなくちゃ、そのくらいの我慢しなくちゃ、親代わりはつとまらないぞって、ずっと気を張ってきました。……でも、牧人さんがこの家にやってきて、私のこと気遣《きづか》ってお手伝いをしてくれたりして……私、嬉しかったんです」

穂乃香さんは、目を閉じて今までのことを思い返しながら言っているようだった。

「……私のことを気にかけてくれる人もいるんだって思ったら、なんだか辛いことも我慢して前へ進める気がしてきました。私、不器用だし、男の人とこんな近くで生活したこともないから、接し方も分からないし、牧人さんはあんまり面白くないでしょうけど……」

「いえいえ、そんなことないですよ」

「私は、いつも朝、牧人さんの笑顔を見るだけで、なんとなく今日も一日頑張れるっていう気になるんです。……だから、もう少しの間だけ、ここにいらっしゃる間だけ、私に笑顔を見せてください。こんなつまんない私のことなんか、お嫌いかもしれませんが……」

「そんなことない。……そんなことないです。穂乃香さんはつまらない人じゃありません」

僕は、穂乃香さんの告白を聞いて胸がいっぱいになり、気がつくときつく穂乃香さんを抱きしめていた。

穂乃香さんの様々な迷いや辛さが、今、ようやくリアルに感じられたような気がした。

これまでは、僕が勝手に分かったつもりになって、気遣ったフリで自己満足に溺《おぼ》れていただけなのかもしれない。

そう思うと、急に穂乃香さんに申し訳ない気がしてきた。

「穂乃香さんの迷いや辛さ……今まで、気がつかなくてゴメン……」

「そんなこと……」

僕は、言いかけた穂乃香さんの口を唇で塞《ふさ》いだ。

「うっ……、んっ……」

穂乃香さんは、初めは驚いたように困惑していたが、やがて目を閉じて僕のキスに応えようと肩に手をかけてきてくれた。

でも、その唇はかすかに震えていた。

僕は、穂乃香さんの両肩にしっかりと手をかけて、唇をだんだんと開いてゆく。

穂乃香さんも、震えながら恐る恐る唇を開く。

見下ろすと、穂乃香さんの頬はいつも以上に赤く染まっていた。

目を閉じたまま、自分の上唇を舐《な》めるように少しだけ舌先を出してくる。

自分から応えようという健気《けなげ》さが伝わってくる。

僕は、その舌先を捕らえて僕の口の中へと導き、舌と舌とを絡め合わせる。

「はぁう……、はぐぅ……」

穂乃香さんの甘酸っぱくかすかに桃の味のする唾液が、僕の口の中いっぱいに広がる。

「私……」

穂乃香さんはなにか謙遜《けんそん》の言葉を言いかけようとしていたが、僕は頷いて指でシィーの形に唇を塞ぐと、再び強く抱きしめた。

またうっとりと僕の胸の中に落ちた穂乃香さんは、潤《うる》んだ瞳《ひとみ》で僕の目を見上げる。

…………そして、頷く。

その頷きは、お願いしますと、言っているような気がした。

今の二人の間に言葉はいらなかった。

僕は、穂乃香さんの上着を脱がすと、彼女の背後へと回り、布団の方へと導いた。

背後から、穂乃香さんの首筋に唇を当てる。

「うっ……、はうん……」

穂乃香さんは、かすかに吐息を漏らした。

僕は、唇で穂乃香さんの首筋や髪や耳を甘嚙《あまが》みしながら、ゆっくりとブラジャーの上から、胸を愛撫《あいぶ》してゆく。

穂乃香さんは、肌の上を指がなぞる感触にビクンビクンと震える。

「あっ……」

僕は、しだいにブラジャーを捲《めく》り上げ、大きなバストを掌《てのひら》で包んでゆく。

「あっあン……」

僕の掌では隠しきれないほどの大きなバストは、ツンと釣鐘型に張っている。

僕は、包みこんだ掌で中心に向かって弧を描くように揉《も》んでゆく……。

バストは柔らかく、指を埋めてもすぐに押し返すような弾力性がある。

そんなバストだからこんなにいい形を維持しているのかもしれない。

僕は、指先を立てて、そのバストの薄桃色の頂きへゆっくりと近づけてゆく。

そして、両方の手の人差し指と中指とで二つの頂きを軽く挟むと、穂乃香さんの唇から大きな吐息が漏れた。

「あふぅン……」

僕は、両方の乳首を挟んだまま、バスト全体を回すように揉みしだいてゆく。

「あはン……、はぁぅ……」

そして、片方の手を胸から離して下腹部へと這わせてゆく。

短いカットジーンズの上に手を滑らせて、ジーンズの上からその局部に触れてみる。

ジーンズの布地を通して熱く熱を帯びている部分を感じる。

人差し指をわずかに立てて局部の全体を撫《な》でてゆく。

「んくっ……、はぁぅ……、はぁン……」

穂乃香さんの吐息がしだいに喘ぎ声へと変わってゆく。

と、穂乃香さんは自分の声に気づいて恥ずかしそうに頬を染め、不安げに僕を振り返る。

僕は、黙って「大丈夫だよ」と安心させるように、その彼女の唇に唇を重ねる。

そして、彼女が安心したのを確認すると、僕はカットジーンズをゆっくりと剥《は》ぎ取る。

背後からでは膝下《ひざした》までしか脱がせなかったカットジーンズを、穂乃香さんは自分の手で持って足から外してゆく。

僕は、パンティ一枚になった局部を再び上から撫でまわし、充分に濡れてきているのを確かめてから指を局部へと滑りこませてゆく。

「あっぁぁン……」

穂乃香さんは、滑りこんできた指先の刺激に仰《の》け反《ぞ》るようにビクっと震える。

僕は、穂乃香さんをしっかりと抱きとめ、指で直接局部を探っていく。

既にビショビショに濡れた茂みの、そのすぐ上の部分に、目指す少し膨らんだ突起があった。

その突起を、蜜《みつ》で濡らした中指と人差し指で挟んで、時折捲れるように少し強めに愛撫してゆく。

「ううぅン……、あっぁン……、ひゃうっ……、そこ、だめですぅ……」

穂乃香さんの艶《つや》っぽい喘ぎ声のトーンがしだいに高まってくる。

それと同時に茂みから蜜がこんこんと溢れ出ているのが分かる。

「はうっ……、はふぅ……」

今度はその二本の指を更に下へと下ろし、濡れた茂みの中へとあてがうと、その奥にヒダヒダに囲まれた膣口を見つけた。

僕がその周りに二本指を這わせていると、次々に溢れ出る蜜にいつのまにか指は糸をひくほどにベットリと濡れていた。

そして、そっと中心部の窪《くぼ》みへと指を伸ばすと……穂乃香さんの膣口は、まるで蟻地獄《ありじごく》のように、クプリと僕の二本の指をたちまち呑《の》みこんでしまった。

「あっ、はぁン……」

窪みの中もいっぱいの愛液で溢れていて、二本指を動かすたびにクチュリクチュリといやらしい音を立てる。

「ぃやン……音、でちゃう……」

僕は少し意地悪をして、更に指を中で互い違いに動かしたりして激しく音を立ててゆく。

クチュクチュクチュ……。

「やっ……、んくっ……、あっン……」

穂乃香さんは身体をイヤイヤするように揺らす。

「嫌、ですか？」

「はふぅ……、イヤじゃないんです……大丈夫ですから」

「大丈夫だから？」

僕が穂乃香さんの言葉を繰り返す。

すると、穂乃香さんは、後ろ手に僕の膨張しきった股間を優しく撫でる。

「もう、私、大丈夫、ですから……きて、ください」

穂乃香さんは、頬を染めてそう言うと、ゆっくりと頷く。

僕は、穂乃香さんを布団に横たえると、パンティをずらし、自分も下着を脱ぐ。

僕の局部は今にもお腹《なか》につきそうなほど大きく膨張し、そそり立っている。

充血してパンパンに膨れ上がった陰茎を握ると、濡れそぼる膣口へとあてがった。

「お願いします……」

目を固くつぶりながら、小さな声で穂乃香さんはそう呟《つぶや》く。

「入れるよ」

僕はそう言って、ゆっくりと先端のカリ首部分までを挿入《そうにゅう》してゆく。

「あっ……」

そう声は漏らしながらも、穂乃香さんは僕を気遣って「大丈夫です」とでも言うように、何度も頷く。

しかし、腰は自然に上へと逃げ、股《また》は僕を撥ね除《の》けるように閉じようと力が入っている。

直感的に初めてなのだと認識した僕は……。

「やめた方がいいかな？」

と言うと、穂乃香さんは目は固くつぶったままで首を振って小さく呟く。

「私の中、いっぱい濡れてるから……。大丈夫、です。……きて、ください……」

「……うん、分かったよ」

僕は、大きく頷くと、穂乃香さんの両股を掴《つか》んで奥まで一気に突き入れてゆく。

「うっ……、あぁぁっ……」

膣口の周りから真っ赤な鮮血が滲《にじ》み出てきて、白いシーツに沁みていった。

僕は、ゆっくりと腰を動かし始める。

「痛くない？」

「あっン……大丈夫です。……気持ちよくなるように、しても大丈夫ですから……」

僕は、できるだけ痛くないように、陰茎全体に穂乃香さんの愛液をたっぷりなじませるようにしながら抽挿《ちゅうそう》を続けてゆく。

「あっ……、あっ……、あっ……」

「どこまで入ってる？」

「私の、ずっと奥のところまでズンズンって入ってきて、ます……」

「痛くないかい？」

「少し痛いですけど……。頭の奥が温かくなにかに包まれるような…いい気持ち、です……」

……僕は、言葉を返す代わりに、繋げたままでキスを返した。

穂乃香さんも、自分から舌を絡めてくる。

穂乃香さんの中の、僕自身が更なる膨張を遂げているのを下腹部に感じる。

「少し速く動くからね」

僕がそう言うと、穂乃香さんは黙って強く頷いた。

僕はその顔を見て、しだいに腰の律動を速めていく。

「うっ……、くっ……、うっ……」

穂乃香さんは、少しの苦痛と快楽の間で揺れて、声が出そうになるのを指を噛んで、こらえている。

何度も抽挿を繰り返すうちに穂乃香さんの膣の中は、一気に僕の陰茎を包みこむように収縮してくる。

僕の陰茎の先端、裏側、そして全体に、言いようのない快感が電流でも流れるように、ビリビリと伝わってくる。

限界が近づいていた。

僕は、更に律動を速める。

穂乃香さんも耐えきれず、口から指が離れる。

「あぁっ……、あぁっ……、あぁっ……」

「もう、イキそう……」

穂乃香さんは黙って頷く。

律動は限界まで速まり、部屋の中にパンパンと腰を打ちつける音が響く。

「くううっ、出そうです」

「出して下さい、いっぱい……出してぇ！」

「あっ、あっ、あっあぁぁぁ！」

「うっ、あぁぁぁぁぁぁぁぁぁぁ！」

穂乃香さんは、身体をブルブルと震わせて喘ぐと、腰を大きく上下させた。

「くっ、つうううっ！」

僕は、ビクビクと痙攣している膣口から陰茎を引き抜くと、穂乃香さんのお腹に白濁液の塊を放出した。

ビビュッという音とともに穂乃香さんの顔近くまで液が飛び散っていく。

「んっ……、はぁぁぁ……」

穂乃香さんは、膣口を小さく痙攣させながら、虚《うつ》ろな眼差《まなざ》しで天井を見ていた。

「大丈夫ですか？」

僕は、穂乃香さんを優しく抱き起こすと、ティッシュで静かに飛び散った白濁液を拭《ふ》き取り始めた。

「大丈夫、です。一人で拭けますから……」

穂乃香さんは、ハアハアと荒い息遣いのまま恥ずかしそうに僕から離れると、自分でティッシュを手にとり、僕の精液と自身の愛液と赤い鮮血とが交じり合った膣口や、お腹や胸を拭いていく。

「初めてだったんですね」

「……経験あるように見えましたか？」

「いや……、その……」

僕がしどろもどろになりながら言葉を探していると……。

「牧人さんに初めての人になってもらって嬉しいです。ありがとうございます……」

そう穂乃香さんは言って、僕を見つめて頷いた。

僕は、いとおしくなって、もう一度穂乃香さんをギュっと抱きしめた。

そして僕は、俯いて頬を染める穂乃香さんにそっと口づけると、部屋を後にした。

時計はもう十一時を回っていた。

最中に、ふと瑞恵から今日貰った性具のことが頭をよぎったが、すぐにそんなことはどうでもよくなった。

穂乃香さんと結ばれ、僕はどこか母のような温もりと安心感を感じることができた。

それは、琴里ちゃんや逸美の時には、感じ得なかったことだ。

二人の時よりもずっと早くに射精へと至ったのも、感情の深さと少しは関係あるのかもしれないとぼんやりと考えていた。

第五章　狂騒のカーニバル

十月十二日、いよいよ二日間に亘る天衣神社でのお祭り「白川祭り《しらかわまつり》」が始まった。

このお祭りのために穂乃香さんは、連日忙しく準備に追われてきたのだ。

今日に限っては、穂乃香さんだけじゃなく、逸美と琴里ちゃんも朝早くからバタバタと慌ただしく動いている。

しかし、朝食の用意ができると、みんな一様に手を止めて卓袱台《ちゃぶだい》へと集まった。

なんと朝食は赤飯だった。

「うわっ、今日はお赤飯ですか？」

「祖父の代から毎年お祭りの日の朝にはお赤飯を食べるのが習わしになっているんですよ」

「そうなんですか」

感心していると、琴里ちゃんも逸美も赤飯を前に黙って目を閉じ、手を合わせている。

そして、「いただきます」と口にすると、赤飯を食べ始める前に、身体《からだ》を清めるためだと、全員でオチョコ一杯の「桃酒」を口に含んだ。

いつも落ち着かない琴里ちゃんも、グチを零《こぼ》してばかりの逸美も、緊張のせいか普段とはうってかわっての厳《おごそ》かな感じだ。

朝食が終わると、千早服に着替えるために三人ともそれぞれの部屋へと戻った。

みんな、どんな感じになるんだろう……。

しばらくすると、穂乃香さんが着替えて居間へと戻ってきた。

巫女《みこ》服《ふく》姿はいつも見慣れているが、千早服姿もまたいちだんと清楚《せいそ》な感じで美しかった。

「巫女服もいいですけど、この千早服姿もすごく綺麗《きれい》です」

「いつもバタバタ着崩してますからね」

「いやいや、そんなぁ……」

「でも、今日は人前で舞を踊る日ですから、いつもより着方にも気を遣《つか》いました」

「そうですよね。今日は、大勢の人の前で舞を踊るんですもんね」

すると、穂乃香さんは、頬《ほお》を染めて俯《うつむ》きながら言う。

「今年はいつもの年と違って特別ですから」

「えっ、どうして？」

「……牧人さんが見ているから」

潤《うる》んだ目で僕を見る。

僕が、穂乃香さんの瞳《ひとみ》を見返そうすると、穂乃香さんは恥ずかしそうに目を伏せる。

「穂乃香さん……」

「がんばってくださいね」

「……今までのどのお祭りの時よりも、いい舞が踊れるような気がしてます」

「僕、ちゃんと見てますから……」

僕がそう言うと、穂乃香さんは照れ隠しに話題を逸《そ》らす。

「……あ、私《わたし》、準備がありますから、そろそろ行かないと……」

穂乃香さんは、恥ずかしそうな顔をして準備のために母屋から出て行った。


次にきたのは逸美だった。

逸美は、大きな深呼吸を何度もして、懸命に緊張を和《やわ》らげようとしていた。

「緊張してるのか」

「それはそうよ。バレーボールだってあんなに練習しても一向に強くならないのに、今日やる舞なんか、たいして練習してないんだからね」

「練習なんてものは『成功する可能性をより百パーセントに近づけるための保険』でしかないっていう考え方だってある。練習の時、どんなに上《う》手《ま》くできたって本番でミスることもあるし、もちろんその逆だってある。練習量イコール本番で上手くできること、じゃないさ。頑張《がんば》れよ」

「なるほど。それはもっともだね。なんだか少しラクになった気がするよ。ありがとう」

逸美は、緊張が解きほぐれたようで、いつもの快活さを取り戻して母屋から出て行った。

最後に二人より随分と遅れてきたのは、琴里ちゃんだった。

背も小さいせいか、お人形さんみたいな抱きしめたくなるほどのかわいらしさを湛《たた》えていた。

「お兄ちゃん。琴里、どうかなぁ〜」

べたべたべた……すりすりすり……。

いつもの愛情表現をしてくれるが、どこかぎこちなく、緊張しているのが伝わってくる。

「緊張してるのか？」

「ドキドキしてるかも……」

琴里ちゃんは、僕の手を取って自分の胸に当てる。

わずかな膨らみの柔らかさと鼓動の速さを掌《てのひら》で感じる。

「でも琴里、お兄ちゃんが見ててくれたら上手に踊れる気がするかも……」

「見てるさ。ずっと見てるよ」

「うん。琴里、がんばるっ！」

琴里ちゃんは、いつもの明るさと笑顔を取り戻し、準備のために母屋から出て行った。

いつも鳴ったことがない正午の鐘が、今日だけはこの村全体にこだました。

その鐘を合図に、この白川祭りのメインイベントである天衣神楽が始まろうとしている。

……いよいよ、天衣三姉妹による舞の披露の時だ。

村人が奏でる神聖な雅楽が流れてくるとともに、千早姿の三人が順に距離を取って入ってくる。

三人は、揃《そろ》って頭に飾り物をつけ、右手に鈴、左手に扇子《せんす》を持っている。

そして曲が変わると、三人は鈴を鳴らし扇子で扇《あお》ぎながら、舞を踊り始める。

最初は緩《ゆる》やかに……そこから徐々に、波がうねるように激しくなったかと思うと、また穏やかに。

穂乃香さんはやはり華麗に美しく舞い、逸美はぎこちないながらもきっちりと舞い、琴里ちゃんは意外にも堂々とかわいく舞っていた。

僕は、三人三様の舞をずっと目に焼きつけるように見入っていた。

舞っている時の三人は、ここではないどこかにいるようなそんな不思議で幻想的なオーラを醸《かも》しだしていた。

村人たちもみんな放心したように言葉も出さずにただ眺めていた。

そのうち、どこからともなく桃の香りが漂ってきた。

そして、一枚、また一枚と無数の桃の花びらが、三姉妹の踊りに文字通り花を添えるかのように、どこからか風に流れて吹雪《ふぶ》いてきた。

今は秋で、桃の花が咲くわけないと思いもするし、もしかしたら村人が造花の花びらを舞い散らせているのかもしれないけれど、そんなことはどうでもよかった。

ただ僕の目の前で確かに繰り広げられている幻想的な舞に、いつしか村人たちと同様に黙ってじっと見入ってしまっていた。

ほどなくしてその美しい天衣神楽が終わった。

なんだか一瞬の出来事のようであり、永遠のようにゆっくりと長い時間にも感じられた。

舞が終わると、三人はお社《やしろ》の方へと退場していった。

僕は、朝食の時に一杯やっただけの桃酒に酔ったのか、なんだか胃がムカムカしてきたので、薬かなにか飲むために母屋に戻ることにした。

母屋に穂乃香さんたちはまだ戻ってなかった。一階のどこを捜しても薬が見つからなかったので二階に上がって、逸美や琴里ちゃんの部屋を物色してみた。

逸美の部屋を物色していると、漢方胃腸薬の小袋を一つ見つけたので、とりあえず黙ってそれをいただいてしまうことにした。

階下から音がするので二階からのぞくと、まだ千早服姿の逸美が、一人でちょうど戻ってきたところだった。

薬も手に入れて安心した僕は、そこでちょっとした悪戯心《いたずらごころ》が芽生えた。

瑞恵に貰ってから、ずっとポケットに入れたままになっていたピンクローターを、逸美の部屋に置いていってみよう。逸美が見つけたら、いったいどんな反応をするのだろうか。

僕は、急にそんな悪戯を試してみたくなって、ローターをベッドの下に少しだけ見えるように転がして、逸美の部屋を出た。

逸美は、千早服のまま階段を上がってきた。

「逸美、さっきの舞、とってもよかったよ」

「本当？　それはきっとアドバイスのおかげだよ」

逸美は、照れながら、嬉《うれ》しそうにして自分の部屋へと入ってゆく。

恥ずかしがっているせいで、僕が二階にいた不自然さなど全《まった》く感じていないようだった。

僕は、そのまま漢方胃腸薬を飲んで一階でしばらく横になっていた。

…………。

結局僕は一時間ほど、客間の布団《ふとん》でうたた寝をしてしまった。

まだ身体は完全にいつもの調子に戻ってなく、全身がヘンにポカポカと温かかったが、胃のあたりのムカムカとした不快感はなくなっていた。自分の身体が落ち着くと、なんだか急に二階の逸美の様子が気になってきた。

さっき、部屋に置いてきたローターの存在に逸美は気づいたかなぁ……。

もしかしたら、使っているのではないかと思って、僕は逸美の部屋にのぞきに向かう。

階段を上がって行くと、かすかにウィ～ンという低い音が響いている。

僕は気づかれないようにほんの少し扉を開いた。すると……。

案の定だった。逸美は千早服のまま、僕が置いていったローターで自慰に耽《ふけ》っていた。

「んぅ……、うン……」

ぎこちない手つきでローターを局部に当て、目を閉じて感じている。

「い、つ、み……」

僕は意地悪してそう声をかける。

「あっ！」

逸美は慌ててローターを後ろに隠す。

「な、なによ。ひとの部屋に勝手に入って……」

「なにしてたんだ？」

「なんでもないわよ」

「じゃあ、その後ろに隠したピンク色のものはなんだ」

僕は手を回してローターを取り上げる。

「あっ…」

「ホントは、さっきからずっと見てたよ」

「えっ？」

「あんな使い方じゃ、ダメだよ。教えてあげるから、言うとおりにしてごらんよ」

僕は逸美の両肢《りょうあし》を持って開かせる。千早服の下はパンティを穿いていなかった。

「なんで、こんなことしなきゃいけないの……」

逸美は口ではそう言いながらも、しぶしぶと従う。

僕は、千早服の股《また》を大きく割って、局部を露《あら》わにさせる。

「この状態で使ってごらん」

僕は、ローターの本体部分を逸美に持たせて、スイッチを「弱」に入れる。

「ほら、さっきやってたみたいに当ててごらん」

「えっ……」

逸美は、戸惑いながらも、自分で膣口《ちつこう》へとローターを当てていく。

「あっあン。うっうン……、すごぃ……、ジンジンくるよ……」

「初めは周りから。……いやらしい液が溢《あふ》れてきたら、だんだん中の方へと行くんだよ」

逸美は、花唇に上下に押し当ててゆく。

「あっあぁン……。ビリビリする～」

僕は、知らん顔してスイッチを押し上げて「中」の位置にする。

「逸美の中からいやらしい液が出てきたかい？」

「あぁン……。知らないよぉ～」

そう言いながらも、逸美のローターを押し当てる手には力がこめられている。

自然に腰がだんだん浮いてきている。

「そう、どんどん腰を気持ちいい方に動かして……。今度は、ローターの線の部分を持って、いやらしい液を出している上にある、お豆に押し当ててごらん」

僕は、瑞恵に教えてもらった方法を逸美に伝えた。

逸美は、言われるままにローターの線を持って、クリトリスの方へ持っていこうとする。

そこで、僕はスイッチをさらに押し上げて「強」の位置にする。

逸美が線の部分を持っていたローターは、一度クリトリスの先端に当たると、不自然な動きをして、花唇へとぶつかっていった。

「あっあン……、やっ……、なぁに……」

しかし、言葉とは裏腹に突然の予期せぬ動きに反応した膣口からは、更に多くの愛液が溢れ出てくる。

「ほぅら。いっぱいいっぱい、いやらしい液が出てきてるよ……」

「やっだぁ……、あン……」

逸美はそう言いながらも、もうローターの本体部分に持ち替えて、グリグリとクリトリスに自分から押し当てている。

「いぃン……、んくぅ……、はぁぅ……」

「今度は、いっぱい蜜《みつ》の溢れている中に入れてみようか」

僕は、スイッチを「弱」に戻して言ってみる。

逸美は言われるまま、膣口へとローターを挿入《そうにゅう》してゆく。

ローターは愛液に滑りながら、すぐにスルリと入っていった。

「うっうン……」

僕は、すかさずスイッチを「強」に押し上げる。

「あっ……、あぁぁぁぁぁ……」

逸美は腰を浮かせ、前後に動かしながら感じている。

「もっと、もっと自分で奥まで入れてごらん」

「いやぁン……。すごいよぉ～。奥にビリビリ響いてくる」

「大丈夫だよ。もっと奥に……」

逸美は、おそるおそるローターを奥へと送る。

「あはンっ！　……だめぇ……これ、スゴぉい」

「……いいんだよ、イッちゃっても。恥ずかしくないんだからね」

「……あ、イク！　もう、イク！　あっ、あぁぁぁぁ！」

逸美は、ローターを膣に咥《くわ》えこんだまま、腰を大きく痙攣《けいれん》させて果てた。

はぁ……はぁ……はぁ……。

僕は逸美が落ち着くのを確認すると、パンティを再び穿かせて、ベッドへと横にしてやり、客間へと戻ろうとした。すると、まだ息の荒い逸美が僕に声をかける。

「……こんな風にして、責任とってよ」

「責任って？」

逸美はその問いに答えず、僕の手をとると、千早服の合わせ目から直《じか》に胸に触れさせる。

指先に柔らかな感触を感じて、僕の抑制が完全に切れた。

「逸美っ！」僕は、こらえきれずに逸美を抱きしめる。

「あっ、あ〜ン」

逸美は、荒い吐息を漏らしながら、僕の背中に腕を巻きつけて、更に引き寄せる。

僕は、目を閉じて頬を染めた逸美の首筋に唇を這《は》わせてゆく。

「はぁう……、はぁっ……」

仰《の》け反《ぞ》るように首を曲げる逸美の唇を唇で塞《ふさ》ぐ。

唇を開いて舌を逸美の唇へと送ると、逸美からも積極的に舌を絡めてくる。

「んんっ……、あむっ……、はむっ……」

他者を受け入れることに対して執拗《しつよう》にガードしてきた逸美が、こんなにも積極的になっているのは嬉しく、更なる興奮を煽《あお》った。

逸美の方からいっぱいの唾液《だえき》を出して、舌を絡ませて求めてくる。

そんな逸美の積極性に、いつも以上に興奮して僕のペニスも急激に膨張してゆく。

僕は、千早服の胸の合わせ目を両手でグイと広げて、乳房を露わにさせる。

「あっ……」

僕は、唇から耳、首筋から鎖骨《さこつ》、胸元にかけて、唇と舌を使って愛撫《あいぶ》してゆく。

「ああン……、はぁぅ……」

そして、再び股を割って、手を差し入れて探ってゆく。

指先で茂みの中を分け入ってみる。

秘所の周りは、まだまだ逸美の愛液が溢れ続けていた。

それを指先で絡め取るように触れてみる。

「うぅン……、あっうン……」

逸美は、腰をクネクネと悶《もだ》えさせる。

茂みの中の膣口の上にあるクリトリスに、愛液で濡《ぬ》れた指先で優しく触れる。

「あ、あン……」

そして、ゆっくりと回すように愛撫してゆく。

「あぁン。気持ちいぃ……」

逸美の秘所からは次々に愛液が滲《にじ》み出てくる。

僕は、それをテロリと指先で掬《すく》う。

「いっぱい、濡れてる」

「あっあン……、恥ずかしい……」

「いやらしいの、どんどん出てくるよ…」

「ヤン……、もう入れて」

逸美は、頬を真っ赤に染めて、荒い吐息を吐きながら言う。

「えっ？」

僕は、思わず聞き返してしまう。

「…………」

僕は、ズボンをズリ下げて、いきり立ったペニスを取り出すと、既に濡れそぼった逸美の膣口へとゆっくり挿入していった。

「あぁっ！」

逸美は、逃げ腰になりながらも、しっかりと両足を僕の背中へと巻きつけ、身体を任せようとしてくる。

僕は、しっかりと逸美を抱きしめ、振り子のように腰を自然に浅く深く変化するように調節する。

挿入部分は見えないが、ズブズブとペニスが逸美の愛液の中を泳いでいるのが分かる。

「はぁう……、あぁン……」

逸美は目を閉じて、確かめるように感じている。

逸美にしがみつかれている状態なので、あまり急激に腰を動かすことはできないが、挿入の深さは確認できる。

逸美の膨れ上がったクリトリスが、僕の恥骨にぶつかっているのも確かに感じとれる。

「んんっ……、んくっ……、あっ……」

僕は、挿入部を突きながら、左右に揺すってみる。

「逸美のクリトリス、擦《こす》れてるだろう」

「やン……、擦れてるよ。……ヘンになっちゃいそう」

逸美も抱きついたままで自分から腰を揺すって、クリトリスと膣の両方を刺激しようとしている。

「腰が勝手に動いちゃってるよ」

「んんぅン……、いゃン……」

逸美は恥ずかしがって、腰の動きを止めて僕にぎゅっと抱きついてくる。

僕は、更に逸美の奥へと先端を差し入れ、子宮口をコツンコツンとノックする。

「うっ！　あぁン……」

第五章　狂騒のカーニバル

「奥まで届いてる？」

「奥に響いてくるよぉ……」

僕は、更に腰の律動を速くする。

「ああっ……、あぅ……、あっ……」

「僕、もうイキそうだ……」

「あっあン……、きてぇぇ……」

僕は、パンパンと音が響くほどに速い律動を腰に与えてゆく。

逸美の胎内《たいない》の僕のペニスも、全てをネットリと包まれるように刺激され、尚且《なおか》つ急速な圧迫を受けて暴発寸前だ。

「あたしも、もうダメぇ〜。……あ、イクぅぅぅ！」

僕の中の快感もついに限界がきてバチンとなにかが弾《はじ》ける。

「あ、出るぅぅぅ……。あぁぁぁ……」

僕は、ペニスを胎内から抜き出すと千早服の胸元へとドクドクと放出する。

「いやぁ、すごいいっぱい……」

逸美は、ペニスを抜いた後でも小刻みに身体を痙攣させていた。

「逸美……」

「もう少しこのまま抱いてて欲しいな」

「あぁ、分かったよ」

僕はそう言って、まだ火照《ほて》った逸美の身体をしっかりと抱きしめた。


翌日のお祭り二日目は、朝から三姉妹と僕で参拝客の対応をした。

穂乃香さんと僕でおみくじや扇やお守りを、逸美と琴里ちゃんは桃酒や桃ジュースを、と二手に分かれて売っていった。

おみくじや扇やお守りは、作るのを僕も手伝ったものだから、それが売れてゆく様を見ているのは心地よかった。

「いらっしゃいませ。どうぞ……」と穂乃香さん。

「あ〜あ、あんまり早く言われても分かんなくなっちゃうから順番に言ってね。おつりの人は後回しね……」と逸美。

「やすいよ、やすいよぉ〜」と琴里ちゃん。

三人三様で頑張っている。

僕は、売れ行きなどを窺《うかが》いながら、足りなくなったものを次々補充していった。

「男の人の手があると助かります」

「今まではどうしてたんですか？」

「村の人が手伝って下さったのですが……。今年は牧人さんに手伝っていただけると言ってもらってたので、村の人はいりませんってお断りしてしまったんですよ」

「そうですか。アテにしてもらってたなんて嬉しいです」

とはいうものの売る物の補充やお客さんの整理など、なかなか大変な作業だった。


夕方になって、用意していたものを全て売り尽くしてしまったので四人で母屋に戻った。

「お姉ちゃん、琴里に浴衣着せて……」

「はいはい。じゃあ、お部屋で待ってなさい」

穂乃香さんが答える。

「浴衣、着るんですか？」

「夜は、露店が賑《にぎ》わうし、花火大会もあるので、三人で浴衣を着て見物に行くのが毎年恒例になってるんです」

「そうですか。いいですねぇ～」

しばらくすると、三人とも浴衣に着替えて居間に戻ってきた。

浴衣姿もまた三人ともそれぞれによく似合っていた。

「お兄ちゃん、どう？」

べたべたべた……。すりすりすり……。

琴里ちゃんが寄り添う。

「いいよ。かわいいと思うよ」

「お兄ちゃん、琴里と一緒に夜店と花火を見に行こうよ」

「逸美と穂乃香さんは、一緒じゃなくてもいいのかい？」

「いいからいいから。琴里とお兄ちゃん、二人っきりで別行動してみようよ」

そして、答えを返す暇もなく、琴里ちゃんに無理矢理押しきられて、二人で外に出た。

屋台は、お社へ向かう道の両側に、綿飴《わたあめ》、金魚掬い、焼きそば、ホットドック、あんず飴などが軒《のき》を連ねている。

「お兄ちゃん、こっちこっちぃ～」

僕の手を引いた琴里ちゃんは、そこを素通りして、暗がりの方へとどんどん入ってゆく。

「おい、どこ行くんだよ。屋台は通り過ぎちゃったぞ」

「いいのいいの、こっちにきて……」

「どうしたいんだよ…」

「お兄ちゃん……」

急に真面目《まじめ》な顔をして唇を突き出すると、潤んだ目で僕を見る。

「……琴里ちゃん」

僕は気持ちを察知し、唇に顔を近づけようとすると、琴里ちゃんの方から抱きついて口づけてくる。そして、唾液をいっぱい出して舌を絡めてくる。

僕もそれに応《こた》えて舌を絡め返す。

「んんっ……、あむっ……、はむっ……」

琴里ちゃんは、溺《おぼ》れるように夢中で自分から浴衣の紐《ひも》を緩めて、下半身を捲《めく》り上げた。

「琴里、ずっとビチョビチョなのぉ……。琴里のビチョビチョのアソコに、お兄ちゃんのオチンチンを、いっぱい入れて」

琴里ちゃんは僕の手を掴《つか》んで秘所へと導く。秘所は、もう充分に濡れそぼっていた。

「もうヌルヌルだよ……」

「琴里のアソコに、お兄ちゃんの、欲しいよぉ～」

琴里ちゃんが発情したように熱くなり、ペニスをすぐに求めていることは充分伝わった。

しかし、それに気づいたからこそ、僕は逆に琴里ちゃんをじらしてみたくなった。

「まだ、ちょっと待ってよ。お兄ちゃんのを入れる前に、琴里ちゃんのアソコの中、どんなにいやらしくなっているのか、ちょっと見てみたいんだ……」

僕は、こんなこともあろうかとポケットに入れてきていたクスコを取り出した。

「なにそれ？」

琴里ちゃんは、月明かりでシルエットになっている三角錐《さんかくすい》のそれを指さして言った。

「クスコっていうんだ。琴里ちゃんのアソコの奥を観察するんだよ」

「えーっ、アソコの奥を見ちゃうの？　琴里、恥ずかしいよぉ……」

琴里ちゃんは、頬を染めて顔を手で隠す。

「お兄ちゃん、琴里、怖《こわ》いから優しくしてね」

「大丈夫。痛くないようにするから……」

僕は、琴里ちゃんの愛液まみれの膣口にクチバシ状の先端を、ゆっくりと挿入してゆく。

挿入してゆく度に愛液が押し出され、溢れ出てきてクチュクチュと音を立てる。

「琴里のクチュって音、聞いちゃだめぇ……」

僕は、答えずに更に奥まで入れてゆく。

「あぁぁぁン……。冷たいのが奥にくる」

僕は、先端を広げようとレバーに手をかける。

「お兄ちゃん、琴里、気持ちぃくなってきちゃったよぉ……これをもっと動かしてぇ……」

琴里ちゃんはクスコをのぞきこみながら、そうせがんでくる。

僕は言われたとおりに先端をすぼめたまま、クスコを膣内で前後にかき回してゆく。

「あぁぁン……、冷たくて、ジンジンくるよぉ……、気持ちいいよぉ……」

僕は、クスコを動かしながら指でクリトリスも愛撫してゆく。

「んくっ……、んんっ……、あっはぁン……」

琴里ちゃんは、身体をヒクヒクとさせて感じている。

僕はその様子を楽しみながら、クリトリスの愛撫を更に激しくする。

「お兄ちゃん、だめぇ……。琴里、イッちゃうよぉ……」

「いいよ。イッちゃっていいんだよ」

「あっ、イク、あっあぁぁぁぁぁぁぁぁぁぁぁ！」

琴里ちゃんは、膣にクスコを咥えたまま、腰をビクビク痙攣させている。

はぁ……、はぁ……、はぁ……。

「はううう、琴里、クスコを入れたままイっちゃったよぉ」

僕は、琴里ちゃんの息が整ってきたのを見計らって、再びクスコへと手をかける。

「今度こそ広げるからね」

「は、恥ずかしいかも……」

イッた直後の琴里ちゃんの膣の中は、愛液がいっぱい滲んでいる。

薄いピンク色のヒダが重なり、その奥には小さな子宮口が確認できた。

「琴里ちゃんのアソコの中、ビショビショになってるよ……」

「琴里、いやらしくて……恥ずかしい」

「大丈夫だよ。気にしなくていいんだ」

僕は、そう気遣いの言葉をかけると、さらに角度を変えながら膣内をじっくり観察する。

琴里ちゃんはその行為を見ながら、頬を赤らめている。

身じろぐたびに膣内がうねり、ヒダが艶《なま》めかしく動く。

「なるほど、こうなっているのかぁ。ふむふむ」

「はううう、お兄ちゃんのお医者さんゴッコって本格的……」

全てを観察し終えて、ようやく秘所からクスコを引き抜く。

いよいよ次は、ペニスを挿《さ》し入れる番だ。

興奮状態の琴里ちゃんは、僕の股間《こかん》が膨れ上がっているのに気づくと、僕のズボンを下ろしてペニスを取り出して、上下にシゴき始めた。

琴里ちゃんのいやらしい積極性に、僕も興奮してみるみるペニスは膨張してゆく。

「うわぁ。お兄ちゃんの、すっごい大きくなった……」

琴里ちゃんは、ペニスの先端に、口からブクブクと泡《あわ》のように出した唾液を塗って、更に上下にシゴいてゆく。

「お兄ちゃんの、こんなにパキパキになってるよぉ……。もう入れて欲しいよぉ……」

琴里ちゃんは僕の首へと抱きつくと、ペニスに自分の秘所を擦りつけ、手探りで挿入しようとする。

僕はそれを補うように腰を浮かせ、琴里ちゃんのグチョグチョの膣へと挿入していった。

遠くで打ち上げ花火がドンと鳴り、丸い輪が広がって一瞬闇《やみ》が明るくなった。

「あっ、あっああっっ〜ン」

僕は、琴里ちゃんの腰を持って引き寄せる。

グチュグチュという音とともに、より深く入っていくのが分かる。

「んくっ……、んんっ……、はあぅ……」

琴里ちゃんも僕に掴まる手に力をこめると自分から腰を抜き差しするように動いてゆく。

「うっン……、あン……。気持ちぃくなっちゃう」

僕も、琴里ちゃんの動かす軌道に合わせて、ペニスを擦りつけるように抽挿《ちゅうそう》してゆく。

琴里ちゃんは、深く挿入したまま腰を左右に振って、ペニスを子宮に擦りつけるようにしてくる。

「ああン……。琴里、気持ちいいよぉ……」

「琴里ちゃん、すごくいやらしい……」

「だって、気持ちいいんだもん……」

そう言いながら琴里ちゃんは、今度は、腰を上下にピョンピョン跳ねるようにして、僕のペニスを抜き差しし続ける。

その激しい刺激にいつしか膨張も最高潮の状態になってしまった。

「あンっ……、うンっ……、んんっ……」

……もう、僕の限界も近い。

「もう、そろそろイキそうだよ……」

「お兄ちゃん、いいよ……。琴里もイキそう……」

「琴里ちゃん……。あっ、出るぅぅぅぅぅぅぅ！」

「お兄ちゃん、琴里もぉ……あぁぁぁぁぁぁぁっ！」

琴里ちゃんは、僕の上でビクンと大きく震えると、小さく継続的な痙攣を続けていた。

僕は、琴里ちゃんの胎内にドクドクと精液を放出した。

「うわぁ、お兄ちゃんのが、どんどん、いっぱい入ってくるよぉ……」

はぁ……、はぁ……、はぁ……。

琴里ちゃんの呼吸が落ち着いたのを見計らって、膣口からゆっくりとペニスを引き抜く。

花火は、いつの間にか終わっていた。琴里ちゃんとのセックスにあまりに夢中になるあまり、花火が終わったことにも全く気づかなかったのだった。


その日の深夜。逸美と琴里ちゃんが寝静まった頃《ころ》、僕はまだ眠っていなかった穂乃香さんを縁側に誘い出した。満天の星空に大きくまん丸の月がぽっかりのぞいていた。

僕は、ずっと気にかかっていた老人のことをこの機会に聞いてみようと切り出した。

「今までそんな機会もなかったんで、伺わなかったのですが……もしよかったら、僕が会った、僕をこちらに呼び寄せてくれた、おじいさんのお話を聞かせてくれませんか？」

「祖父の話ですか？　なにからお話ししたらいいんでしょう……」

「僕が会ったのは、今からもう四年ほど前、卒業旅行で九州を旅していた時でした」

「そうおっしゃってましたね。そうあの頃、祖父は一週間旅に出ては帰ってきて数日家にいて、また一週間旅に出るということを繰り返してました」

「どこに行かれたんですか？」

「分かりません。ただ、いつも家で取れた桃をリュックの中に入れて出て行きました」

「あっ、その桃を僕も三ついただきました。とてもおいしかった……」

「その桃をどうするのと聞くと、これで相応《ふさわ》しい相手を探すんじゃって言ってましたけど、私にはとうとうなんのことなのか分からなかった」

「相応しい相手……」

「で、ある時、見つかったぞと言って帰ってきたんです。その日から、祖父は旅に出なくなりました。そして数ヶ月後、もう思い残すことはないと言い残して眠るように亡くなりました」

「そうでしたか……」

おじいさんは、旅でなにを見つけたんだろう……。

もしかしたら、その相応しい相手というのは……。

穂乃香さんと話し終えた後、寝る前に自宅の留守電を遠隔操作で聞いてみることにした。三姉妹といる時には全く感じないのだが、一人になると急に東京でのことが気になりだしてくるのだった。

レースの布のかかった初期型プッシュホンの受話器を上げて遠隔操作する。僕の家の番号をダイヤルした後、応答メッセージが流れているうちに、暗証番号を入れる。

「一件の新しいメッセージが入っています……」

そのメッセージの声は、僕に休暇を取ることを勧めてくれた上司だった。

『……今日は残念な知らせがあって電話をした。君のやっていたプロジェクトが、他《ほか》の人間の手によって再び動き出したんだ。そして、その企画書には、君が失敗した原因が事細かに分析されて書かれていて、その失敗は二度と繰り返さないと明言してある……。私も、君に休暇を取るのを勧めた以上、どう言っていいか分からないのだが、一応、報告まで……』

一方では、どうしようもない嫉妬心《しっとしん》が湧《わ》いて、今すぐにでも帰りたいと思ったが、もう一方では、いまさら飛んで帰ったところでなにも変わらないとも思った。

だとしたら、もう少しここにいる方が、新しい自分を見つけ出せるのかもしれない……。

……でも、複雑な気分なのは間違いなかった。

第六章　強がりと優しさと気遣いと

一ヶ月の長期休暇が終わるまで、あと一週間を切った。

この村の天衣家での暮らしは、東京での暮らしのように変化に富んでいるわけではなく、目新しいものなどなに一つない。

でも、その一見単調でなにもないように見える生活の中で、僕は少しずつだが都会の喧騒《けんそう》の中で失ってしまったものを取り戻しているような気がしていた。

こんな時間がいつまでも終わらないことを願っていた。

しかし同時に、東京での生活に早く戻らなければという焦りがないわけではなかった。

中野商店への買い出しの穂乃香さんへのつき添いは、僕の重要な役目だった。

穂乃香さん一人では持ちきれない食材を運ぶという必要性が僕の存在意義を感じさせた。

買い物袋を抱えて、穂乃香さんと家までの道を並んで歩く。

穂乃香さんの料理する姿を想像して僕が口にする。

「お料理をしている時の穂乃香さんってとても幸せそうな感じがします」

「そんな風に見えますか。幸せかぁ……。たぶん、余計なことを考えなくてすむからでしょうか……」

穂乃香さんは、言い終えてから頬《ほお》を染めて俯《うつむ》く。

「余計なことを考えると幸せじゃないですか？」

「いろいろありますからね……」

「一人で何役もこなしている穂乃香さんは、本当に大変そうですものね」

「しょうがないんです。そんなこと言ってられないですし、他《ほか》にやる人いないですから…」

穂乃香さんは、自嘲《じちょう》気味に笑った。

「でも、詩人の中原中也《なかはらちゅうや》はこんな言葉を残してるんです。『人は生まれたての時から幸福になりたいという事を願い、ただそれだけを求めて生きているんだ』と……」

僕は、思いつくまま覚えていた言葉が口をついて出てしまう。

「『それだけを求めて』いいんでしょうか……」

穂乃香さんは、ストレートに疑問を感じてそう言う。

「でも、いいとか悪いとかじゃなく、そうしてしまうのが人間なんですよ、きっと……」

「なんだか難しいですね……ふふっ……」

穂乃香さんは無理して微笑《ほほえ》んで、続く言葉を呑《の》みこんだ。

僕は、どんな言葉を返したらいいか分からず、そのまま黙ってしまった。

しばらくすると、穂乃香さんが気を遣《つか》ってか、再び料理の話を始めて、また二人でその話題で盛り上がっているうちに、家へと着いた。

その日の夕食は、豆腐の代わりに厚揚げを使った、特製の「簡単麻婆豆腐《マーボーどうふ》」だった。穂乃香さんは手抜き料理だと謙遜《けんそん》していたが、逸美や琴里ちゃんにも好評でとてもおいしかった。中華スープまで用意してくれる穂乃香さんの心遣いも嬉《うれ》しかった。

思い返せば、この村の生活の中で穂乃香さんの毎日の手料理も僕の楽しみの一つだった。穂乃香さんは週に一度、お料理教室に通っている。畏《かしこ》まったフランス料理とかではなく、簡単にできる家庭料理をいろいろと教えてくれるそうだ。

僕のお気に入りだったロールキャベツや肉じゃが、そしてヌカ漬《づ》けの漬け方まで、その教室で教わったのだと話してくれた。

そんな家庭料理を食べられるなんて、百パーセント外食で済ませていたこれまでの東京での一人暮らしでは到底考えられないことだった。

夕食を食べ終わると、僕はいつものように洗い物などの後片付けを手伝った。

そして、それも終わると居間で四人でくつろぐのだった。

なんということはない、ごく当たり前の日常のひとコマなのかもしれない。

でも、これまでまともに人間的な暮らしをしていなかった僕にとって、その「当たり前」はとても新鮮かつ幸福なひと時で、なににも代え難いものとなりつつあった。

「最近、逸美は学園の勉強はどうだ？」

「別に急激な進歩はないけどボチボチだよ」

第六章　強がりと優しさと気遣いと

逸美は、運動神経はバツグンだったが、勉学の方はまるでダメだった。

しかし、ダメなりにも頑張《がんば》っているようだった。

「琴里ちゃんは？」

「琴里は絶好調かも……。なにやっても楽しいよ」

琴里ちゃんは、まだそれほど難しいことを学んでないせいもあるが、元来の勘のよさからか、そんなに熱心に家でやっているわけではないが、勉強は全般的に得意なようだった。

「おかしいよ、琴里は。ヤなヤツー」

「逸美ちゃんは部活で琴里ちゃんは勉強で、それぞれいいところがあればいいじゃないの」

穂乃香さんは、二人をいつも母親のように温かい眼差《まなざ》しで見守っていた。

僕は、そんななんでもない会話を聞いていると、不思議と心が休まるのだった。

そんな風に歓談している頃《ころ》、突然……。

……部屋の電気が消えて、真《ま》っ暗闇《くらやみ》になった。

「停電だぁ！　きゃははは っ！」

アクシデントを面白がる琴里ちゃんの嬉しそうな声が響いた。

「あ、あれ、どうしたらいいのかしら。逸美ちゃん、琴里ちゃん、上からなにか落ちてきたらいけないから……、か、屈《かが》んで頭を押さえてるのよ」

オロオロした口調で穂乃香さんは言いながら、僕の手を探り当てるとしっかりと握った。

手は汗ばんでいた。僕は思わず、黙って両手でしっかりと握り返してしまった。

「どうなってるんだよ！」

そんな風に震えた声で強がる逸美。

「きゃははは！　楽しいなぁ〜。避難訓練みたい。ハンカチで口を押さえて、体育帽を被って、すみやかに外に出ましょう……な〜んて」

琴里ちゃんには、全《まった》く動揺するという感覚がないらしい。

僕は慣れてきた目を頼りに、玄関にあるブレーカーのところまで向かう。

……すると、やっぱり落ちていた。

ブレーカーを上げると、たちまち電気が灯《とも》る。

「ブレーカーが落ちただけみたいですよ」

「なーんだ、そうだと思ったよ」

そう言いながら、逸美は、なぜか頭に座布団《ざぶとん》を当てていた。

「逸美ちゃん、頭に座布団……」

琴里ちゃんは、小バカにしたような口調で逸美をからかう。

「違うよ、これは……。座布団の下になにかいるなぁと思って……」

逸美は、弁解に必死だ。

「苦しい言い訳だな」

僕はそう言って笑った。

「うっさいよ」

「でも、あんな生徒の少ない学園でも避難訓練なんてやったりするの？」僕は聞いてみる。

「やるよ、年に一回。みんなで校庭に出て、校長先生のお話を聞くの」と琴里。

「授業がサボれるからいいんだよね」と逸美。

「何年経っても、避難訓練ってあんまり変わってないみたいですね」穂乃香は微笑んだ。

「ですね、僕の時もそうでした。こんなのが本番で本当に役に立つのかという、ちょっと微妙な感じで……」

「みんなあらかじめ今日あるらしいなんて知ってたりするんですよね」

「そう。だから、全員ムチャクチャ落ち着いてるしね」

……なんて、たいした意味もない避難訓練の話題でひとしきり盛り上がった。

それにしても、停電になってすぐに穂乃香さんが手を握ってきたのには、内心少し驚いていた。いつもは二人の妹の前で気丈に振る舞っている穂乃香さんも、本当は人並みの年頃の女の子のように、不安はあるし、安らぎは欲しいし、時には誰《だれ》かに寄りかかりたいのだろう……そんなことを改めて感じてしまった。

その翌日。今日もまた、ここにいられる時間が一日カウントダウンされてゆく。

逸美と琴里ちゃんが学園に行っている昼間、僕は穂乃香さんの手伝いをしていた。

手伝うことに関して、穂乃香さんは、大丈夫ですからといつも僕を気遣ってくれるが、僕としては嫌だと思ったことはないし、むしろ二人きりのコミュニケーションがはかれる唯一の時間なので楽しみでさえあった。今日も僕は自分から申し出た。

「僕にできることがあったら、なんでもお手伝いさせてください。僕、もうここにいられるのも残り少ないですから、その間にできるだけ恩返しできたらと思って」

「そんなぁ。いいんですのに……」

「いいえ、僕がやりたいんです」

僕は、穂乃香さんがお社《やしろ》の中でのおつとめにすぐに向かえるように、境内のゴミ拾いをした後、竹ボウキで掃き掃除した。それを終えると、お社の中でお祈りしている穂乃香さんの邪魔にならないように、お社の床を雑巾《ぞうきん》がけしていった。

雑巾がけに精を出していると、今日はとりわけ暑いせいか、僕の着ている服がたちまち汗でびっしょりになってしまう。全身からも汗が噴き出し、せっかく拭《ふ》いた床にも汗の粒がポタポタと落ちてゆく。

僕は額の汗を腕で拭《ぬぐ》った。

う～っ、暑いなぁ……。これで十月ってどういうことだよ……。

穂乃香さんが、汗を拭う僕の姿に気づいて声をかけてくれた。

「今日は特別暑いですね」

「ですね。行水でもしたい気分ですね」

「いいですね」

僕が調子に乗ってそう言葉を返す。

「じゃあ、行水、しちゃいましょうか……」

穂乃香さんは、頬を真っ赤に染めて僕に言う。

「えっ？」

「実は私《わたし》も汗ビッショリでさっきから気持ち悪かったんですよ。……行きましょう」

穂乃香さんは、作業をやめて母屋へと戻ってゆく。

僕も、穂乃香さんの後についていった。


穂乃香さんは、玄関をあがるとそのまま脱衣所へと向った。

僕が躊躇《ちゅうちょ》して玄関先で立ち止まっていると、穂乃香さんの声が聞こえてくる。

「よかったら、一緒に行水しませんか……」

「えっ、ええ……」

一緒に行水？

僕は妄想を大きく膨らませながら脱衣所へ向かった。

穂乃香さんはまだ巫女服《みこふく》の帯を解いているところだった。

そんな穂乃香さんの姿を見ていると、一緒に入るだけでは満足できなくなり、もっとすごいことへの悪戯心《いたずらごころ》が湧《わ》き起こってきた。

「穂乃香さん、このまま入っちゃいましょう」

「ええ？」

僕が半ば強引に、そのまま風呂場《ふろば》へと穂乃香さんの手を引いてゆく。

そして、湯船に張ってあった、ぬるくなった水をたらいに汲《く》み、巫女服を着たままの穂乃香さんにかける。

ざっぱぁ〜。

「ひゃう……冷たぁい」

「でも、気持ちいいでしょ」

「それは、そうですけど……透けちゃいますよぉ」

僕は、穂乃香さんの表情をのぞきこむ。

頬を染め、僕を見ないようにしているのが分かった。

穂乃香さんは意識しているのだ。

僕は、そんな穂乃香さんの姿に思わず後ろから抱きついた。

「穂乃香さんのそんな姿を見たら、僕、我慢できなくなっちゃいますよ」

「いいんです。……私も、して、欲しいんです」

「穂乃香さん……」

僕は、穂乃香さんの両脇《りょうわき》から腕を回して、大きな胸に手を当てる。

「あっ……」

穂乃香さんは、一瞬、おびえたように震える。

僕は、豊かな乳房を掌《てのひら》で包むように揉《も》みしだいてゆく。

「はぁうぅ……」

穂乃香さんの息遣いがだんだん荒くなってくるのが分かる。

「穂乃香さんの胸、柔らかい……」

僕は、耳もとに息を吹きかけながら囁《ささや》く。

「はぁんん……」

穂乃香さんは身悶《みもだ》えするようにして、僕の指先を乳首の方へと持っていこうとしている。

「乳首、触って欲しいんですか？」

僕は、意地悪く聞いてみる。

「いや……」

穂乃香さんは、声にならない声でそう言うと顔を真っ赤にする。

僕は、乳房を揉みしだきながら、両方の乳首の上に指を当てて小さくクニュクニュと触

ってみる。

「あっ、あぁ……」

乳首にトクトクとなにかが通って、硬く勃起《ぼっき》してくるのが分かる。

「だんだん、乳首が大きくなってきた」

「あっン……」

穂乃香さんは興奮してきたからか、後ろにダラリと垂《た》らしていた腕を僕の股間《こかん》の方へと伸ばしてくる。

僕は、勃起してきた乳首を人差し指と中指とで挟み、前後に倒すように愛撫《あいぶ》してゆく。

「穂乃香さんの乳首、コリコリしてきた……」

「恥ずかしい……」

穂乃香さんはそう言いながらも、伸ばした手はしっかりと僕のペニスを掴《つか》んで、ゆっくりシゴき始めている。

「穂乃香さんの手、僕のオチンチンをシゴいてるよ。いやらしい……」

「やだっ……、ああっ……」

穂乃香さんはそう恥じらいながらも止める様子はなく、手の動きはむしろ激しくスナップが大きくなってきている。

僕のペニスは、もうかなりの大きさにまで膨張してきた。

僕は、唇を耳から首筋へと移し、胸に当てた一方の手は穂乃香さんの秘所へと滑らせていく。

膣口《ちつこう》からは、すでに愛液が溢《あふ》れ出てきている。

「いやらしい汁が、もういっぱい出てる……」

「ああ、ダメ……」

僕は膣口に一度指を落として愛液でヌルヌルにさせると、その指でクリトリスへと触れていった。

「あっ！　……あぁっン……」

穂乃香さんは、ビクッとなりながらも大きく感じている。

僕は、クリトリスの包皮が時折捲《めく》れるように大きな弧を描いて、指を回していった。

「んくっ……、はぁン……、んむっ……」

穂乃香さんは、なにかをこらえているかのような吐息を漏らしている。

「気持ちいい？」

「ぁあン……なんだか遠くにいっちゃうような、そんな気持ちになります……」

クリトリスの下の膣口を触れると、愛液が溢れ出て洗い場の床へタラリと滴《したた》り落ちた。

「穂乃香さん、アソコからもういっぱい出てきてる……」

穂乃香さんは、僕の最大値までいきり立ったペニスをしごきながら囁く。

「私、もう……。これを、私の中に、入れてください」

僕は、わざとジラして意地悪する。

「どういう風にしたらいいのかなぁ……」

そう言いながら、穂乃香さんの掌の中のペニスに力を加えてビンビンと反り返らせる。

穂乃香さんは一度立ち上がって浴槽《よくそう》のフチへと両手をつくと、こちらにお尻《しり》を突き出す形をとった。

「後ろから、してください……」

穂乃香さんは、真っ赤な顔をして必死にそう言う。

僕はビンビンに勃起したペニスを、切なそうに後ろをのぞく穂乃香さんに見えるようにして、膣口へとあてがう。

穂乃香さんの膣口から溢れ出る愛液が僕のペニスの先端に触れて、ヌルヌルとなんともいえない感触が伝わってくる。

「穂乃香さん、入れて欲しい？」

僕は、また意地悪してそんな風に聞いてみる。

穂乃香さんは必死でコクリと頷《うなず》くと、後ろ手に自分で僕のペニスを掴んで膣口の中へと導き入れた。

ヌプッ、と亀頭《きとう》部分が膣へと滑り入ってゆく。

「あっぁぁぁ！」

「穂乃香さん、自分で僕のオチンチンをアソコに入れてるんだよ。いやらしいよ……」

「やだ……。言わないで……」

穂乃香さんの方からお尻を突き上げるようにして、ペニスを更に深く挿入《そうにゅう》させようとしてくる。

僕もその動きに任せて腰を突き出す。

「あぁぁぁぁぁぁぁぁン」

僕のペニスが、穂乃香さんの一番深いところまで入っていく。

「入った」

「入ってくるぅ……」

僕は、お尻の上の脇腹の辺りに両手をかけて、ゆっくりと抽挿《ちゅうそう》してゆく。

「あぁン……、はぁう……、んくっ……」

穂乃香さんは身体中《からだじゅう》を真っ赤に染めて興奮している。

僕は大きく律動して、一番奥まで到達させ、上下に擦《こす》りつけるような刺激を与えてゆく。

「んんっ！　……あ、それ……すごぉい……」

更に僕は繋《つな》げたままで片手を伸ばすと、穂乃香さんの胸を揉みしだき、乳首をも愛撫してゆく。

挿入する前よりも硬く大きくなった乳首をコリコリと刺激する。

「あぁン……、乳首も、いいぃ……」

穂乃香さんはそう言いながら掴んでいる浴槽のフチに体重をかけて、より深く挿入するように、カクカクと腰を後ろへと振ってくる。

「もっと、奥まで欲しいの？　腰、動いてるよ…」

「やっン……、腰が勝手に動いちゃう……」

僕はその光景に更に興奮して、いつもよりも早く限界が近づいてくるのを感じていた。

その興奮に負けないように、更に律動を速めてゆく。

「はぁン……、んんっ……、んくっ……」

恥骨のぶつかり合う音がパンパンと狭い浴室に響く。

「もう、そろそろイキそうだよ……」

「あっ、私もイキそう……」

僕は、めいっぱい我慢してクリトリスを指で愛撫しながら、激しく律動してゆく。

「あっ、それ……あぁン……だめぇ……。あ、イクっ！　あっ、あぁぁぁぁぁぁぁぁ！」

穂乃香さんは、腰をビクンビクン痙攣《けいれん》させて果てた。

それを見て、僕も最後の律動をする……。

「顔に出してぇ……」

僕は、穂乃香さんの懇願を受け、膣口からペニスを抜き出す。

穂乃香さんは、イッた後の虚《うつ》ろな目で口を開けて舌を出して待っている。

下に零《こぼ》さないように、掌で受け皿まで作っているのだ。

僕は、そんな穂乃香さんの顔に目掛けて白濁液をほとばしらせた。

どくっ、どくっ、どくっ、どくっ……。

びくっ、びくっ、びくっ……。

大量の精液が、穂乃香さんの顔を汚していく。

「んっ……、んぶ……、はううっ……」

勢いがなくなって、下へ落ちそうな精液は、穂乃香さんが掌でしっかりと受け止めていた。

僕のペニスから全ての液が放出し終わると、穂乃香さんは精液のたっぷりついた掌をペロペロと舐《な》めながら、右手はまたゆっくりとペニスをシゴき始めていた。

「おいしい？」

「牧人さんの、とっても濃い味がする……。おいしい……」

掌の精液を舐め終えると、舌をペロリと伸ばして口の周りの精子もうっとりとした顔で舐めとっていた。

僕はその光景を見て、再び興奮した血液が股間へと流れこんでゆくのを感じていた。

穂乃香さんの顔は、頬を真っ赤に染めて恥じらいの表情ではあるが、その眼差しは今までのどの穂乃香さんよりもいやらしく妖《あや》しく、僕のペニスを見ている。

そして、愛液まみれの僕のペニスを、穂乃香さんは滑らかな手つきでいやらしくシゴいてゆく。

僕のペニスは、一度果てたにもかかわらず、再びいきり立ってゆくのだった。

「あっ、また、おっきくなってきた……」

嬉しそうに穂乃香さんは微笑む。

僕のペニスは、更にその表情に興奮して膨張してゆく。

穂乃香さんは浴槽へともたれかかって、僕に秘所を見せるような形をとると……。

「もう一回、できますか……」

そう小さく恥ずかしそうに囁く。

僕は、ギンギンにいきり立つペニスを握ると、自分から迎え入れようとしている穂乃香さんの膣口目掛けて、突き入れた。

「あぁン！　……んんっ！」

穂乃香さんは、さっきよりもすごい反応で感じている。

「さっきより、おっきい……」

穂乃香さんはそう言いながら、腰を自分からガンガン僕の腰へと打ちつけてくる。

穂乃香さんの膣内が一度イッたせいか、先程以上にヌルヌルに湿っていることが分かる。

更に穂乃香さんは、自分から僕の背中に両足をかける形にして浴槽に手をかけて、より深く挿入できるように腰を突き出してくる。

「あっはぁン……、いいぃ……、んんっ……」

僕はその光景に興奮しながらも、それに応《こた》えて深く強く挿入し、グニュグニュの膣の中をかき回すように、ペニスで刺激してゆく。

「あぁっ！　すごい……、奥、もっとかき回してぇ！」

穂乃香さんの乳首がピンと勃《た》っている。

膣の中は、急速にすぼまるように収縮してきて、僕のペニスをネットリ包みこむようにして刺激する。

また、穂乃香さんの喘《あえ》ぎ声が大きくなってきた。

「はぁン……もう、だめぇ……」

僕は、穂乃香さんの上体を振り子のように大きく揺らして、腰へと深く打ちつけるように律動させてゆく。

……僕も限界は近い。

「僕もイキそうだ……」

「いいわ。出して。……私の中に、いっぱい出してぇ……」

僕は、それを聞いて律動を加速させてゆく。

「あぁン……、そんなぁ……。だめ、あぁ、イクぅぅぅぅぅぅぅぅぅぅぅぅ！」

穂乃香さんの膣内がキュウッと締まって、暴発寸前の僕のペニスを急激に締めつける。

僕ももう我慢できない。

「あ、出るぅ、あぁぁぁぁぁぁ！」

僕は、できる限り深く挿入するように、腰を突き上げて穂乃香さんの膣内で放出した。

びゅっ、びゅっ、びゅっ……。

びゅくっ、びゅくっ、びゅぷっ……。

二度目なのに、一度目と同じくらい長い射精をしてしまう。

「はぁ……、はぁ……、はぁ……」

「はぁ……、んはぁ……、はぁぁ……」

僕は、穂乃香さんの胎内《たいない》に全てを放出し終わると、ペニスをゆっくりと引き抜く。

穂乃香さんは真っ赤な顔で、そのまま腰が砕けたように浴槽を背にして崩れ落ち、洗い場の床に座りこんだ。

「はぁ……、あはぁ……、はぁぁ……」

穂乃香さんは秘所をこちらに露《あら》わにしたまま、虚ろな目で荒い息を続けている。

やがて……膣口から僕の放出した白濁液が顔をのぞかせたかと思うと、次から次へとゴポッ、トクトクトクと流れ出てきた。

　穂乃香さんは、夢見心地で幸せそうな顔をしていた。

「こんなにいっぱい出してくれるなんて……」

　僕は、膣口から精液が出終わるのを待って、穂乃香さんの身体をよく洗ってやり、自分の身体も流して風呂を出た。

　至上のひとときだった……。

　そして、この時に言っておかなければならないことがあると思った。

「穂乃香さん……」

　穂乃香さんも普通の呼吸に戻り、だいぶ落ち着いてきた様子だ。

「はい……」

「今さら改めて言うのはおかしいんですが、僕、穂乃香さんのことが好きです。穂乃香さんの生き方をとてもいいとおしく思うし、そばにいてあげたいとも思うんです」

「ありがとうございます。嬉しいです……でも……」

　穂乃香さんは、冷静な口調になって続ける。

「嬉しいですけど、どうぞもうそんなことを言うのはやめてください。牧人さんは東京に帰らなくてはいけない人。それに私は、この神社を護《まも》らなくてはいけないし、妹たちの成長も見届けなくてはいけません。だから……」

もしかしたら、僕はひどく浅はかだったのかもしれない。
僕が今さら「好き」だと告白してどうなるというのだ……。
穂乃香さんの言葉に僕はどう返したらいいのか分からなかった。
いつまでも東京のことが頭から消えない自分の優柔不断さを呪《のろ》った。

エピローグ　変わるものと変わらないもの

月日が経《た》つのは早いものだ。

特に、楽しく充実した時間は、同じ時間でもずっと短く感じられるから不思議だ。

僕が休暇でこの村にいられるのも、もうあと二日しかない。

明日の朝には、東京に帰らなくてはいけないのだ。

僕は、上司に勧められるままに一ヶ月間の休暇を取り、そして偶然とはいえ、こういう都会の時間の流れや喧騒《けんそう》を忘れさせてくれる村で、三姉妹と出会い、その休暇を過ごした。

そんな僕はこの一ヶ月の間で、少しは上向きに変わることができたのだろうか……。

今の僕自身には、まだ自分で客観的に判断することができずにいる。

帰ってみれば、その答えが出せるのだろうか……。

……分からない。


その日の午後。穂乃香さんは、話したいことがあると僕をお社《やしろ》の中へ呼び入れた。

穂乃香さんは、この村の特産品である桃酒、桃ジュースの原液となる桃エキスが納められている樽《たる》の前まで僕を促した。

「牧人さんがお戻りになる前に本当のことを知っておいていただきたいと思いまして」

穂乃香さんは、いつもより張りのない静かな口調でそう言った。

「桃エキスですか……確か、無病息災、滋養《じよう》強壮の効果があるというやつですね」

僕は、歓迎会の時に教えてもらったことを思い返して口にする。

「……そうです。いい機会ですから、この桃酒の原液を飲んでみませんか？」

「原液をですか？」

「えぇ、この原液は村の人でも飲む機会がないんですよ。特別な人にだけ……」

そう言いながら穂乃香さんは樽の栓《せん》を開け、傍《かたわ》らにあった杯にトロリとした濃厚な液体を注いだ。

手渡された杯の中には、ピンク色をした液体が濃厚な芳香を放っている。

匂《にお》いを嗅《か》いだだけでも、頭の中がしびれてくるようだ。

穂乃香さんが僕をじっと見つめている。

飲むかどうか試しているような気がしていた。

これを飲んだらどうなるのだろう？

ええい、どうにでもなれぇ～。

僕は杯の中の液体を一気に飲み干した。

舌の上を通り、鼻に抜ける強い桃の匂い……。喉《のど》が焼けるように熱い。

食道を通り、胃へと落ちていくのが分かる。

「かはぁ……すごいですね、これ」

なんだか身体《からだ》の芯から熱い炎が噴き上がってくる。

ドクンドクンと心臓が力強く脈打つたび、体中の隅々《すみずみ》にまでエネルギーが行き渡るような気がした。

「……まずエキスのことから、お話ししますね。この樽に入っている桃エキスの滋養強壮の効能の素は、私《わたし》たち姉妹三人の体液なんです」

「ええっ？」

「私たちはこの桃エキスを前に、ある儀式をするのです。その儀式は、三人だけでここに入って、神前に供えていた一番よく熟《う》れた桃の実を一つ、それぞれ一度口に含んで唾液《だえき》と絡ませて、実を潰《つぶ》しただけの原液の中にそれを吐き出し、再び掻《か》き混ぜて溶けこませてゆくんです。そうすることで、ただの桃のエキスだったものに滋養強壮の効能が加わるのです」

「……そ、そうですか」

僕は、ビックリして声をあげたい気持ちだったが、冷静を装ってそう言う。

「だから、このエキスを薄めた桃酒や桃ジュースを飲んでいる村人たちは、医者いらずなくらい健康を約束されているんですね」

桃の原液でボウッとする頭で必死に考える。

「でも、どうして穂乃香さんたちの体液を混ぜると滋養強壮の効果が現れるのですか？」

「……それは、……私たちが、人間ではないからなんです……」

エピローグ　変わるものと変わらないもの

……！！！

「ええー」と大声を出したいのを必死でこらえる。

「逸美、琴里、そして私、私たち三人は、この村を護《まも》る『桃の精』なんです」

「ええー！」

こらえきれずに声に出してしまう。

「その事実は泰子先生をはじめ、この村の大人《おとな》たちはみなさん知っています」

「逸美や琴里ちゃんは？」

「いいえ。逸美と琴里には学園を卒業するまで自覚しないように、村のみなさんによって配慮されています…。『桃の精』とはいえ、生まれてから二十年くらいまでの成長は普通の人間とほぼ変わりません。自分の中にそのことを受け入れる準備ができるまで内緒にしているのです」

「なるほど……」

「……それから、祖父のことですが、祖父というのは表向きで彼は私たちの父親なのです」

「そ、そうだったんですか？」

「私たちの母だった『桃の精』と交わることにより、次の世代である私たちが生まれたのです。全てのものに寿命があるように、私たちを産んだ後、しばらくして母である『桃の精』は亡くなりました。そして自ら死期の迫っていたことを察知していた父は、亡くなる直前まで私たち三人の『桃の精』たちを守る自分の後継者を探す旅をしていました」

「もしかして……」

「そうです。『桃の精』と交わることができるのは、村の外にいる生命力に溢《あふ》れた精悍《せいかん》な若者だけ。そして父が後継者に適任だと選んだのが、あなたなのです。だから父の願いは、あなたがこの村を訪れ、私たちとずっと暮らしてくれることだったのです」

……僕は、驚きすぎて言葉も出ない。

「私も迷っていました。でも、牧人さんにそんなことを強制することはできないから……。ここでの一ヶ月の暮らしも嘘《うそ》にしたくなかったので本当のことを打ち明けたかったのです」

「…………」

僕は、なにも言えなかった。

唐突すぎてどうしていいか分からない、というのが正直な気持ちだった。

老人に選ばれたということは素直に喜ばしく思う。

誰《だれ》かに求められるのだったら、僕だってそれに応《こた》えたい。

それに穂乃香さんたちと、ずっと暮らしていけるのなら……。

そして、老人と初めて会った日のことを、僕はぼんやり回想してみる。

……そうか！

あの時、「良かったらこの桃を食わんかね」とごちそうになったよく熟れた三つの桃は、穂乃香さんと逸美と琴里ちゃんのことだったんだ！

つまり、僕は、あの時、老人と約束していたんだ。

そうだったのか……。

でも、まだ僕は今すぐには踏みきれずにいる。

「あの……東京に一度戻って頭をフラットにした状態で考えさせてもらえませんか」

「いいんです。私は隠し事がなくなっただけで気持ちが楽になりましたから……」


翌日。バス停までは、逸美と琴里ちゃんに送ってきてもらった。

穂乃香さんは、おつとめが忙しいという理由で、きてくれなかった。

それはおそらく僕がすぐに答えを出さなかったせいかもしれない。

つくづく即答できない自分の未熟さを感じ、穂乃香さんには申し訳ない思いだった。


バス停までの道のりは、初めてきた時あんなに遠いと思っていたのに、村の地理を知った今となってはたいしたことのない距離だった。

ここにきて暮らしているうちに、身体の調子もよくなったからだろうか……。

「いやぁ、バス停まではこんなに近かったのか」

「初めて見たお兄ちゃんは体力全然なかったよねぇ」琴里ちゃんが言う。

「そうだなぁ。すぐに息が上がってたもんね」逸美が言う。

その通りなので、返す言葉もない。

「これ、お姉ちゃんが持っていってくださいって、預かってきたよ」

琴里ちゃんは、そう言って小さな小鉢を僕に手渡した。

「これはもしかして？」

「ヌカミソのお漬《つ》け物。お兄ちゃんがいつもおいしそうに食べてたからって……」

「嬉《うれ》しいなぁ。穂乃香さんが漬けたヌカ漬けは最高においしかったと伝えてくれよ」

うん、と琴里ちゃんは頷《うなず》く。

「あ、バスがきたよ」

逸美の言葉に顔を上げる。

ゴトゴトとボンネットバスが近づいてきた。

あれに乗れば、この村ともお別れだ。

この村にきたのも一人、帰るのも一人だ。

……これでいいんだ。

表面的には同じでも、内面が向上していれば、それでいいんだ。

その結果は、東京に戻って生活を始めてからでなければ対比できない。

今は、この休暇によって、上向きに変わったんだと信じたい……。

目の前にバスが止まり、入り口が開く。

と、その時、穂乃香さんが、エプロン姿でバスの方へと駆け寄ってきた。

「穂乃香さん！」

穂乃香さんは、僕の前に立ち止まると呼吸を整えて言った。

「……あの、覚えてますか？」

「えっ？」

「私に『人は生まれたての時から幸福になりたいという事を願い、ただそれだけを求めて生きているんだ』という詩人の中原中也の言葉を教えてくれたことを……」

「ええ……」

「私、この言葉を忘れません。私もこれからは、そんな風に人間的に生きてみたいなぁって思ってるんです。そう気づかせてくれたことに感謝しています。ありがとう」

「……お礼を言わなきゃいけないのは僕の方ですよ。今までありがとうございました」

僕は、穂乃香さんに一礼してバスに乗りこむ。

「また会えたら……」

僕は、言いかけるがその後の言葉が出てこない。

「信じてます。幸福になりたいと願いながら……」

バスのドアが閉まる。

動き始めたバスを追うようにして、穂乃香さんは、なにかを言おうとしている。

口の形を読む。

……「あ・い・し・て・ま・す」。

僕には、そう読めた。

僕は、急いで言葉を返そうと思ったがバスは加速していき、届けることはできなかった。

車窓の向こうに村が見えなくなって、僕は諦《あきら》めて車内へと頭を戻す。

ゴトゴト揺れるバスの中でこの一ヶ月のことが走馬灯《そうまとう》のように浮かんでは消えていった。


……そして、半年後。四月。

僕は、バス停に再び降り立った。

道順を思い返しながら、目的の家へと向かう。

神社の境内が見えてきた。

あの頃《ころ》と変わらずに、巫女服《みこふく》姿の女性が竹ボウキで掃いている。

僕は、その女性に気づかれないように、背後にそっと回りこむ。

そして両手を伸ばして、彼女の目を塞《ふさ》ぐ。

「さぁて、誰、でしょう？」

「あ、その声は……」

女性は、頬《ほお》を真っ赤に染めて、笑顔で振り返る。

……半年ぶりに見る、穂乃香さんだ！

「あれ、穂乃香さん、少しふくよかになりました？」

「ええ。少し……」

穂乃香さんは、頬を染めたまま俯《うつむ》く。

「いらっしゃいませ、でいいんですか？」

「いいえ、違います」

「そうですよね。今日はどちらにみえたのですか？」

「そうじゃなくて……」

「えっ？」

「ただいま、って言ってもいいですか？」

「えっ、ええ！　……も、もちろんです！」

穂乃香さんの顔が、たちまち微笑《ほほえ》みに変わってゆく。

「じゃあ、改めて……ただいま帰りました！」

「お帰りなさい。ずっとお待ちしていました」

「穂乃香さん……」

僕は、穂乃香さんを強く抱きしめた。

「あ、お腹《なか》……」

穂乃香さんのお腹が膨れているのが分かった。

「もしかして……」

「六ヶ月です。赤ちゃん。………あっ、今、蹴った！」

「そうかぁ……。それはすごい、すごいよ……」

「ここで、一緒に？」

「三月いっぱいで、僕の担当だった仕事を全部後任の人に引き継いできました。そして、この四月から僕は自由です。僕もいろいろと覚えるから……一緒に神社をやっていきましょう！」

「本当に？　いいの？　……嬉しい」

穂乃香さんは、顔を涙でくしゃくしゃにしながら、僕の胸の中へと飛びこんでくる。

僕はしっかりと抱きとめた。

……もう、離さない。

ずぅっと、永遠に――。

なにゆゑに　こゝろかくは羞《は》ぢらふ
秋　風白き日の山かげなりき
椎《しい》の枯葉の落窪《おちくぼ》に
幹々は　いやにおとなび彳《た》ちゐたり

枝々の　拱《く》みあはすあたりかなしげの
空は死児等《しじら》の亡霊にみち　まばたきぬ
をりしもかなた野のうへは
あすとらかんのあはひ縫ふ　古代の象の夢なりき

椎の枯葉の落窪に
幹々は　いやにおとなび彳ちゐたり
その日　その幹の隙《ひま》　睦《むつ》みし瞳《ひとみ》
姉らしき色　きみはありにし

その日　その幹の隙　睦みし瞳
姉らしき色　きみはありにし
あゝ！　過ぎし日の　仄燃《ほのも》えあざやぐをりをりは
わが心　なにゆゑに　なにゆゑにかくは羞ぢらふ……

中原中也『含羞（はぢらひ）―在りし日の歌―』

（完）

あとがき

ゲーム版シナリオ兼ノベライズも書いてみました、星野杏実です。

この話は、ある意味、僕なりの「終わりなき日常」を打破する方法を描いたつもりです。十数年前に田舎から上京してきた僕自身が、慌ただしい東京での生活の中で日々感じている、不安、迷い、焦り、違和感などへの対処方を牧人くんを操って描こうとしました。

例えば、違和感の一つは、他者との距離感――コミュニケーションの取り方です。遠慮、謙遜、気遣い、優しさ、思いやり……そんな他者との距離感が、それなりに緩和されて互いに認め合った時に、エッチができるようになればと思って組んでいきました。

そして、キーワードは「まったり」と「大丈夫」。

ゲーム版では、ノベライズの「穂乃香さんエンド」以外にも、いくつかのエンドパターンがあります。しかし、どのエンドを辿ってもいわゆるバッドエンドにはなりません。

それは……「人生とは、それが真摯な判断の上での選択ならば、どんな道を選んだとしても決して間違いではない」……そう信じたい僕の気持ちを投影したものだったりします。

だから、物語の中にも何度も何度も「大丈夫」という言葉を意図的に入れています。

まったりとしたラブラブエッチを堪能していただき、更にそんなところも琴線に触れてもらえたら作り手としては嬉しい限りです。

最後に、パラダイムの久保田様、岩崎様、本当にありがとうございました。

二〇〇二年十一月　星野杏実

はじらひ

2002年12月15日 初版第1刷発行

著　者　星野 杏実
原　作　ブルーゲイル
原　画　鋼丸R

発行人　久保田 裕
発行所　株式会社パラダイム
〒166-0011東京都杉並区梅里2-40-19
ワールドビル202
TEL03-5306-6921 FAX03-5306-6923

装　丁　妹尾 みのり
印　刷　図書印刷株式会社

乱丁・落丁はお取り替えいたします。
定価はカバーに表示してあります。

既刊ラインナップ

定価 各860円+税

1 悪夢～青い果実の散花～
2 脅迫
3 痕～きずあと～
4 慾～むさぼり～
5 黒の断章
6 淫従の堕天使
7 Esの方程式
8 歪み
9 悪夢 第二章
10 瑠璃色の雪
11 官能教習
12 復讐
13 淫Days
14 お兄ちゃんへ
15 緊縛の館
16 密猟区
17 淫内感染
18 月光獣
19 告白
20 Xchange
21 虜2
22 飼
23 迷子の気持ち
24 ナチュラル～身も心も～
25 放課後はフィアンセ
26 骸～メスを狙う顎～
27 朧月都市
28 Shift!
29 いまじねぃしょんLOVE
30 ナチュラル～アナザーストーリー～
31 キミにSteady
32 ディヴァイデッド

33 紅い瞳のセラフ
34 MIND
35 錬金術の娘
36 凌辱～好きですか?～
37 MydearアレながおじさんMy dear アレながおじさん
38 狂*師～ねらわれた制服～
39 UP!
40 魔薬
41 臨界点
42 絶望～青い果実の散花～
43 美しき獲物たちの学園 明日菜編
44 淫内感染～真夜中のナースコール～
45 MyGirl
46 面会謝絶
47 偽善
48 美しき獲物たちの学園 由利香編
49 せ・ん・せ・い
50 sonnet～心かさねて～
51 リトルMyメイド
52 flowers～ココロノハナ～
53 サナトリウム
54 はるあきふゆにないじかん
55 プレシャスLOVE
56 ときめきCheckin!
57 散櫻～禁断の血族～
58 Kanon～雪の少女～
59 セデュース～誘惑～
60 RISE
61 虚像庭園～少女の散る場所～
62 終末の過ごし方
63 略奪～緊縛の館 完結編～
64 Touchme～恋のおくすり～

65 淫内感染2
66 加奈～いもうと～
67 PILE・DRIVER
68 Lipstick Adv.EX
69 Fresh!
70 脅迫～終わらない明日～
71 うつせみ
72 Xchange2
73 M.E.M.～汚された純潔～
74 Fu・shi・da・ra
75 絶望～第二章～
76 Kanon～笑顔の向こう側に～
77 ツグナヒ
78 ねがい
79 アルバムの中の微笑み
80 ハーレムレーサー
81 絶望～第三章～
82 淫内感染2～鳴り止まぬナースコール～
83 螺旋回廊
84 Kanon～少女の檻～
85 夜勤病棟
86 使用済～CONDOM～
87 真・瑠璃色の雪～ふりむけば隣に～
88 Treating 2U
89 尽くしてあげちゃう
90 Kanon～the fox and the grapes～
91 もう好きにしてください
92 同心～三姉妹のエチュード～
93 あめいろの季節
94 Kanon～日溜まりの街～
95 贖罪の教室

96 ナチュラル2 DUO 兄さまのそばに
97 帝都のユリ
98 Aries
99 LoveMate～恋のリハーサル～
100 恋ごころ
101 プリンセスメモリー
102 ぺろぺろCandy2 Lovely Angels
103 夜勤病棟～堕天使たちの集中治療～
104 尽くしてあげちゃう2
105 悪戯Ⅲ
106 使用中～W.C.～
107 せ・ん・せ・い2
108 ナチュラル2 DUO お兄ちゃんとの絆
109 特別授業
110 Bible Black
111 星空ぷらねっと
112 銀色
113 奴隷市場
114 淫内感染～午前3時の手術室～
115 懲らしめ 狂育的指導
116 傀儡の教室
117 インファンタリア
118 夜勤病棟～特別盤 裏カルテ閲覧～
119 姉妹妻
120 ナチュラルZero+
121 看護しちゃうぞ
122 みずいろ
123 椿色のプリジオーネ
124 恋愛CHU! 彼女の秘密はオトコのコ?

最新情報はホームページで！　http://www.parabook.co.jp

125 エッチなバニーさんは嫌い？ 原作：ジックス 著：竹内けん
126 もみじ「ワタシ…人形じゃありません…」 原作：ルネ 著：雑賀匡
127 注射器2 原作：アーヴォリオ 著：島津出水
128 恋愛CHU！ヒミツの恋愛しませんか？ 原作：SAGAPLANETS 著：TAMAMI
129 悪戯王 原作：インターハート 著：平手すなお
130 水夏～SUIKA～ 原作：サーカス 著：雑賀匡
131 ランジェリーズ 原作：ミンク 著：三田村半月
132 贖罪の教室BADEND 原作：ruf 著：結字糸
133 -スガタ- 原作：MayBeSOFT 著：布施はるか
134 Chain失われた足跡 原作：ジックス 著：桐島幸平
135 君が望む永遠 上巻 原作：アージュ 著：清水マリコ
136 学園～恥辱の図式～ 原作：BISHOP 著：三田村半月
137 蒐集者 コレクター 原作：ミンク 著：雑賀匡
138 とってもフェロモン 原作：トラヴュランス 著：村上早紀
139 SPOT LIGHT 原作：ブルーゲイル 著：日輪哲也
140 Princess Knights上巻 原作：ミンク 著：前園はるか

141 君が望む永遠 下巻 原作：アージュ 著：清水マリコ
142 家族計画 原作：ディーオー 著：前園はるか
143 魔女狩りの夜に 原作：アイル【チーム・Riva】 著：南雲恵介
144 憑き 原作：ジックス 著：布施はるか
145 螺旋回廊2 原作：ruf 著：日輪哲也
146 月陽炎 原作：すたじおみりす 著：雑賀匡
147 このはちゃれんじ！ 原作：ルージュ 著：三田村半月
148 奴隷市場ルネッサンス 原作：ruf 著：菅沼恭司
149 新体操（仮） 原作：ぱんだはうす 著：雑賀匡
150 Piaキャロットへようこそ!!3 上巻 原作：エフアンドシー 著：ましらあさみ
151 new～メイドさんの学校～ 原作：SUCCUBUS 著：七海友香
152 はじめてのおるすばん 原作：ZERO 著：南雲恵介
153 Beside～幸せはかたわらに～ 原作：F&C・FC03 著：村上早紀
154 Only you 上巻 原作：アリスソフト 著：高橋恒星
155 性裁 白濁の禊 原作：ブルーゲイル 著：谷口東吾
156 Milkyway 原作：Witch 著：島津出水

157 Sacrifice～制服狩り～ 原作：Rateblack 著：布施はるか
158 Piaキャロットへようこそ!!3 中巻 原作：エフアンドシー 著：ましらあさみ
159 忘レナ草 Forget-me-Not 原作：ユニゾンシフト 著：雑賀匡
160 Silvern～銀の月、迷いの森～ 原作：g-clef 著：布施はるか
161 エルフィーナ～淫夜の王宮編～ 原作：アイル【チーム・Riva】 著：南雲恵介
162 Princess Knights下巻 原作：ミンク 著：前園はるか
163 Realize Me 原作：ミンク 著：高橋恒星
164 Only you 下巻 原作：アリスソフト 著：高橋恒星
165 水月 ―すいげつ― 原作：F&C・FC01 著：三田村半月
166 はじめてのおいしゃさん 原作：ZERO 著：三田村半月
167 ひまわりの咲くまち 原作：フェアリーテール 著：村上早紀
168 Piaキャロットへようこそ!!3 下巻 原作：エフアンドシー 著：ましらあさみ
169 新体操（仮）淫装のレオタード 原作：ぱんだはうす 著：雑賀匡
170 D.C.～ダ・カーポ～ 朝倉音夢編 原作：サーカス 著：雑賀匡
173 はじらひ 原作：ブルーゲイル 著：星野杏実
174 いもうとブルマ 原作：萌。 著：谷口東吾

〈パラダイムノベルス新刊予定〉

☆話題の作品がぞくぞく登場！

175.DEVOTE2《でぼ〜と》
〜いけない放課後〜

13cm　原作
布施はるか　著

５人の女のコに「好きにしていいよ」と告白された哲也。エッチなことに興味津々な彼は、学校の教室で、保健室で、さまざまなプレイを楽しむが、しだいにエスカレートしてしまい…？

176.特別授業２

BISHOP　原作
深町薫　著

石黒智也は現在失業中の美術教師。そんなとき、彼は偶然自分とうりふたつの顔をした学生と出会う。その青年は有名なお嬢様学校に教育実習に行く予定になっていた。智也は青年になりかわり学園に侵入した！